你若安好，便是晴天

林徽因◎著

文化发展出版社
Cultural Development Press
·北京·

图书在版编目（CIP）数据

你若安好，便是晴天 / 林徽因著．— 北京 ：文化发展出版社，2024．12．—（林徽因文集）．— ISBN 978-7-5142-4556-1

Ⅰ．I216.2

中国国家版本馆 CIP 数据核字第 2024GR6660 号

你若安好，便是晴天

著　　者：林徽因

责任编辑：王　梓　　　　责任校对：岳智勇　马　瑶
特约编辑：李乐娟　　　　装帧设计：吕宜昌
责任印制：杨　骏
出版发行：文化发展出版社（北京市翠微路 2 号 邮编：100036）
网　　址：www.wenhuafazhan.com
经　　销：全国新华书店
印　　刷：三河市金兆印刷装订有限公司

开　　本：880mm × 1230mm　1/32
字　　数：86 千字
印　　张：4.5
版　　次：2024 年 12 月第 1 版
印　　次：2024 年 12 月第 1 次印刷

定　　价：45.00 元
I S B N ：978-7-5142-4556-1

◆ 如有印装质量问题，请电话联系：17710717619

目录

你若安好，便是晴天——**小说**

九十九度中[1]

三个人肩上各挑着黄色，有“美丰楼”字号大圆篓的，用着六个满是泥泞凝结的布鞋，走完一条被太阳晒得滚烫的马路之后，转弯进了一个胡同里去。

“劳驾，借光——三十四号甲在哪一头？”在酸梅汤的摊子前面，让过一辆正在飞奔的家车——钢丝轮子亮得晃眼的——又向蹲在墙角影子底下的老头儿，问清了张宅方向后，这三个流汗的挑夫便又努力地往前走。那六只泥泞布履的脚，无条件地，继续着他们机械式的碾动。

在那轻快的一瞥中，坐在洋车上的卢二爷看到黄篓上饭庄的字号，完全明白里面装的是丰盛的筵席，自然地，他估计到他自己午饭的问题。家里饭乏味，菜蔬缺乏个性，太太的脸难看，你简直就不能对她提到那厨子问题。这几天天太

①本文发表于1934年5月《学文》第1卷1期。

热，太热，并且今天已经二十二，什么事她都能够牵扯到薪水问题上，孩子们再一吵，谁能够在家里吃中饭!

“美丰楼饭庄”黄篓上黑字写得很笨大，方才第三个挑夫挑得特别吃劲，摇摇摆摆地使那黄篓左右的晃……

美丰楼的菜不能算坏，义永居的汤面实在也不错……于是义永居的汤面？还是市场万花斋的点心？东城或西城？找谁同去聊天？逸九新从南边来的住在哪里？或许老孟知道，何不到和记理发馆借个电话？卢二爷估计着，犹豫着，随着洋车的起落。他又好像已经决定了在和记借电话，听到伙计们的招呼：“……二爷您好早？……用电话，这边您哪！……”

伸出手臂，他睨一眼金表上所指示的时间，细小的两针分停在两个钟点上，但是分明的都在挣扎着到达十二点上边。在这时间中，车夫感觉到主人在车上翻动不安，便更抓稳了车把，弯下一点背，勇猛地狂跑。二爷心里仍然疑问着面或点心，东城或西城，车已赶过前面的几辆。一个女人骑着自行车，由他左侧冲过去，快镜似的一瞥，鲜艳的颜色，脚与腿，腰与背，侧脸、眼和头发，全映进老卢的眼里，那又是谁说过的……老卢就是爱看女人！女人谁又不爱？难道你在街上真闭上眼不瞧那过路的漂亮的！

“到市场，快点。”老卢吩咐他车夫奔驰的终点，于是主人和车夫戴着两顶价格极不相同的草帽，便同在一个太阳底下，向东安市场奔去。

很多好看的碟子和鲜果点心，全都在大厨房院里，从黄色层篓中检点出来。立着监视的有饭庄的“二掌柜”和张宅的“大师傅”。两人都因为胖的缘故，手里都有把大蒲扇。大师傅举着扇扑一下进来凑热闹的大黄狗。

“这东西最讨嫌不过！”这句话大师傅一半拿来骂狗，一半也是来权作和掌柜的寒暄。

“可不是？这东西最可恶。”二掌柜好脾气地用粗话也骂起狗。

狗无聊地转过头到垃圾堆边闻嗅隔夜的肉骨。

奶妈抱着孙少爷进来，七少奶每月用六元现洋雇她，抱孙少爷到厨房，门房，大门口，街上一些地方喂奶连游玩的。今天的厨房又是这样的不同，饭庄的“头把刀”带着几个伙计在灶边手忙脚乱地炒菜切肉丝，奶妈觉得孙少爷是更不能不来看：果然看到了生人，看到狗，看到厨房桌上全是好看的干果，鲜果，糕饼，点心，孙少爷格外高兴，在奶妈怀里跳，手指着要吃。奶妈随手赶开了几只苍蝇，拣一块山楂糕放到孩子口里，一面和伙计们打招呼。

忽然看到陈升走到院子里找赵奶奶，奶妈对他挤了挤眼，含笑地问：“什么事值得这么忙？”同时她打开衣襟露出前胸喂孩子奶吃。

“外边挑担子的要酒钱。”陈升没有平时的温和，或许是太忙了的缘故。老太太这次做寿，比上个月四少奶小孙少爷的满月酒的确忙多了。

此刻那三个粗蠢的挑夫蹲在外院槐树荫下，用黯黑的毛巾擦他们的脑袋，等候着他们这满身淋汗的代价。一个探首到里院偷偷看院内华丽的景象。

里院和厨房所呈的纷乱固然完全不同，但是它们纷乱的主要原因则是同样的，为着六十九年前的今天。六十九年前的今天，江南一个富家里又添了一个绸缎金银裹托着的小生命。经过六十九个像今年这样流汗天气的夏天，又产生过另十一个同样需要绸缎金银的生命以后，那个生命乃被称为长寿而又有福气的妇人。这个妇人，今早由两个老妈扶着，坐在床前，拢一下斑白稀疏的鬓发，对着半碗火腿稀饭摇头：

“赵妈，我哪里吃得下这许多？你把锅里的拿去给七少奶的云乖乖吃罢……”

七十年的穿插，已经卷在历史的章页里，在今天的院里能呈露出多少，谁也不敢说。事实是今天，将有很多打扮得极体面的男女来庆祝，庆祝能够维持这样长久寿命的女人，并且为这一庆祝，饭庄里已将许多生物的寿命裁削了，拿它们的肌肉来补充这庆祝者的肠胃。

前两天这院子就为了这事改变了模样，簇新的喜棚支出瓦檐丈余尺高。两旁红喜字玻璃方窗，由胡同的东头，和顺车厂的院里是可以看得很清楚的。前晚上六点左右，小三和环子，两个洋车夫的儿子，倒土筐的时候看到了，就告诉他们嬷："张家喜棚都搭好了，是哪一个孙少爷娶新娘子？"他们嬷为这事，还拿了鞋样到陈大嫂家说个话儿。正看到她在包饺子，笑嘻嘻地得意得很，说老太太做整寿——多好福气——她当家的跟了张老太爷多少年。昨天张家三少奶还叫她进去，说到日子要她去帮个忙儿。

喜棚底下圆桌面就有七八张，方凳更是成叠地堆在一边；几个夫役持着鸡毛帚，忙了半早上才排好五桌。小孩子又多，什么孙少爷，侄孙少爷，姑太太们带来的那几位都够淘气的。李贵这边排好几张，那边小爷们又扯走了排火车玩。天热得厉害，苍蝇是免不了多，点心干果都不敢先往桌子上摆。冰化得也快，篓子底下冰水化了满地！汽水瓶子挤满了厢房的廊上，五少奶看见了只嚷不行，全要冰起来。

全要冰起来！真是的，今天的食品全摆起来够像个菜市，四个冰箱也腾不出一点空隙。这新买来的冰又放在哪里好？李贵手里捧着两个绿瓦盆，私下里咕噜着为这筵席所发生的难题。

赵妈走到外院传话，听到陈升很不高兴地在问三个挑夫要多少酒钱。

"瞅着给罢。"一个说。

"怪热天多赏点吧。"又一个抿了抿干燥的口唇，想到方才胡同口的酸梅汤摊子，嘴里觉着渴。

就是这嘴里渴得难受，杨三把卢二爷拉到东安市场西门口，心想方才在那个“喜什么堂”门首，明明看到王康坐在洋车脚蹬上睡午觉。王康上月底欠了杨三十四吊钱，到现在仍不肯还，只顾着躲他。今天债主遇到赊债的赌鬼，心头起了各种的计算——杨三到饿的时候，脾气常常要比平时坏一点。天本来就太热，太阳简直是冒火，谁又受得了！方才二爷坐在车上，尽管用劲踩铃，金鱼胡同走道的学生们又多，你撞我闯的，挤得真可以的。杨三擦了汗一手抓住车把，拉了空车转回头去找王康要账。

“要不着八吊要六吊，再要不着，要几个混蛋嘴巴！”杨三脖干儿上太阳烫得像火烧。“四吊多钱我买点羊肉，吃一顿好的。葱花烙饼也不坏——谁又说大热天不能喝酒？喝点又怕什么——睡得更香。卢二爷到市场吃饭，进去少不了好几个钟头……”

喜燕堂门口挂着彩，几个乐队里人穿着红色制服，坐在门口喝茶——他们把大铜鼓搁在一旁，铜喇叭夹在两膝中间。杨三知道这又是哪一家办喜事。反正一礼拜短不了有两天好日子，就在这喜燕堂，哪一个礼拜没有一辆花马车，里面搀出花溜溜的新娘？今天的花车还停在一旁……

“王康，可不是他！”杨三看到王康在小挑子的担里买香瓜吃。

“有钱的娶媳妇，和咱们没有钱的娶媳妇，还不是一样？

花多少钱娶了她，她也短不了要这个那个的——这年头！好媳妇，好！你瞧怎么着？更惹不起！管你要钱，气你喝酒！再有了孩子，又得顾他们吃，顾他们穿。”

王康说话就是要“逗个乐儿”，人家不敢说的话他敢说，一群车夫听到他的话，各各高兴地凑点尾声。李荣手里捧着大饼，用着他最现成的粗话引着那几个年轻的笑。李荣从前是拉过家车的——可惜东家回南，把事情就搁下来了——他认得字，会看报，他会用新名词来发议论：“文明结婚可不同了，这年头是最讲‘自由’‘平等’的了。”底下再引用了小报上捡来离婚的新闻打哈哈。

杨三没有娶过媳妇，他想娶，可是“老家儿”早过去了没有给他定下亲，外面瞎姘的他没敢要。前两天，棚铺的掌柜娘要同他做媒，提起一个姑娘说是什么都不错，这几天不知道怎么又没有讯儿了。今天洋车夫们说笑的话，杨三听了感着不痛快。看看王康的脸在太阳里笑得皱成一团，更使他气起来。

王康仍然笑着说话，没有看到杨三，手里咬剩的半个香瓜里面，黄黄的一把瓜子像不整齐的牙齿向着上面。

“老康！这些日子都到哪里去了？我这儿还等着钱吃饭呢！”杨三乘着一股劲发作。

听到声，王康怔了向后看，“呵，这打哪儿说得呢？”他开始赖账了，“你要吃饭，你打自己腰包里掏！要不然，你出个份子，进去那里边，”他手指着喜燕堂，“吃个现成的席去。”王康的嘴说得滑了，禁不住这样嘲笑着杨三。

周围的人也都跟着笑起来。

本来准备着对付赖账的巴掌，立刻打在王康的老脸上了。必须地扭打，由蓝布幕的小摊边开始，一直扩张到停洋车的地方。来往汽车的喇叭，像被打的狗，呜呜叫号。好几辆正在街心奔驰的洋车都停住了，流汗车夫连喊着“靠里！”“瞧车！”脾气暴的人顺口就是：“这大热天，单挑这么个地方!!”

巡警离开了岗位；小孩子们围上来；喝茶的军乐队人员全站起来看；女人们吓得只喊：“了不得，前面出事了罢！”

杨三提高嗓子只嚷着问王康：“十四吊钱，是你——是你拿走了不是？——”

呼喊的声浪由扭打的两人出发，膨胀，膨胀到周围各种人的口里：“你听我说……”

“把他们拉开……”

“这样挡着路……瞧腿要紧。”

嘈杂声中还有人叉着手远远地喊：“打得好呀，好拳头！”

喜燕堂正厅里挂着金喜字红幛，几对喜联，新娘正在服从号令，连连地深深地鞠躬。外边的喧吵使周围客人的头同时向外面转，似乎打听外面喧吵的原故。新娘本来就是一阵阵地心跳，此刻更加失掉了均衡，一下子撞上，一下子沉下，手里抱着的鲜花随着只是打颤。雷响深入她耳朵里，心房里。

“新郎新妇——三鞠躬——”“……三鞠躬。”阿淑在迷惘里弯腰伸直，伸直弯腰。昨晚上她哭，她妈也哭，将一串经验上得来的教训，拿出来赠给她——什么对老人要忍耐点，对小的要和气，什么事都要让着点——好像生活就是靠容忍和让步支持着！

她焦心的不是在公婆妯娌间的委曲求全。这几年对婚姻问题谁都讨论得热闹，她就不懂那些讨论的道理遇到实际时怎么就不发生关系。她这结婚的实际，并没有因为她多留心报纸上，新文学上，所讨论的婚姻问题，家庭问题，恋爱问题，而减少了问题。

“二十五岁了……”有人问到阿淑的岁数时，她妈总是发愁似的轻轻地回答那问她的人，底下说不清是叹息是啰嗦。

在这旧式家庭里，阿淑算是已经超出应该结婚的年龄很多了，她知道。父母那急着要她出嫁的神情使她太难堪！他们天天在替他选择合适的人家——其实哪里是选择！反对她尽管反对，那只是消极的无奈何的抵抗，她自己明知道是绝对没有机会选择，乃至于接触比较合适，理想的人物！她挣扎了三年，三年的时间不算短，在她父亲看去那更是不可信的长久……

“余家又托人来提了，你和阿淑商量商量吧，我这身体眼见得更糟，这潮湿天……”父亲的话常常说得很响，故意要她听得见，有时在饭桌上脾气或许更坏一点。“这六十块钱，养活这一大家子！养儿养女都不够，还要捐什么钱？干脆饿死！”有时更直接更难堪：“这又是谁的新褂子？阿淑，你别学时髦穿了到处走，那是找不着婆婆家的——外面瞎认识什么朋友我可不答应，我们不是那种人家！”……懦弱的母亲低着头装作缝衣：“妈劝你将就点……爹身体近来不好，……女儿不能在娘家一辈子的……这家子不算坏；差事不错，前妻没有孩子不能算填房……”

理论和实际似乎永不发生关系，理论说婚姻得怎样又怎样，今天阿淑都记不得那许多了。实际呢，只要她点一次头，让一个陌生的，异姓的，异性的人坐在她家里，乃至于她旁边，吃一顿饭的手续，父亲和母亲这两三年——兴许已是五六年——来的难题便突然地，在他们是觉得极文明地解决了。

对于阿淑这订婚的疑惧，常使她父亲像小孩子似的自己安慰自己：阿淑这门亲事真是运气呀，说时总希望阿淑听见这话。不知怎样，阿淑听到这话总很可怜父亲，想装出高兴样子来安慰他。母亲更可怜，自从阿淑订婚以来总似乎对她抱歉，常常哑着嗓子说：“看我做母亲的这份心上面。”

看做母亲的那份心上面！那天她初次见到那陌生的，异姓的异性的人，那个庸俗的典型触碎她那一点脆弱的爱美的希望，她怔住了，能去寻死，为婚姻失望而自杀么？可以大胆告诉父亲，这婚约是不可能的么？能逃脱这家庭的苛刑（在爱的招牌下的）去冒险，去漂落么？

她没有勇气说什么，她哭了一会，妈也流了眼泪，后来妈说："阿淑你这几天瘦了，别哭了，做娘的也只是一份心。"……现在一鞠躬，一鞠躬地和幸福作别，事情已经太晚得没有办法了。

吵闹的声浪愈加明显了一阵，伴娘为新娘戴上戒指，又由赞礼的喊了一些命令。

迷离中阿淑开始幻想那外面吵闹的原因：洋车夫打电车吧，汽车轧伤了人吧，学生又请愿，当局派军警弹压吧……但是阿淑想怎么我还如是焦急，现在我该像死人一样了，生活的波澜该沾不上我了，像已经临刑的人。但临刑也好，被迫结婚也好，在电影里到了这种无可奈何的时候总有一个意料不到快慰人心的解脱，不合法，特赦，恋人骑着马星夜奔波地赶到……但谁是她的恋人？除却九哥！学政治法律，讲究新思想的九哥，得着他表妹阿淑结婚的消息不知怎样？他恨由父母把持的婚姻……但谁知道他关心么？他们多少年不来往了，虽然在山东住的时候，他们曾经邻居，两小无猜地整天在一起玩。幻想是不中用的，九哥先就不在北平，两年前他回来过一次，她记得自己遇到九哥扶着一位漂亮的女同学在书店前边，她躲过了九哥的视线，惭愧自己一身不入时的装束，她不愿和九哥的女友做个太难堪的比较。

感到手酸，心酸，浑身打颤。阿淑由一堆人拥簇着退到里面房间休息。女客们在新娘前后彼此寒暄招呼，彼此注意大家的装扮。有几个很不客气在批评新娘子，显然认为不满意。“新娘太单薄点。”一个摺着十几层下颏的胖女人，摇着扇和旁边的六姨说话。阿淑觉到她自己真可以立刻碰得粉碎；这位胖太太像一座石臼，六姨则像一根铁杵横在前面，阿淑两手发抖拉紧了一块丝巾，听老妈在她头上不住地搬弄那几朵绒花。

随着花露水香味进屋子来的，是锡娇和丽丽，六姨的两个女儿，她们的装扮已经招了许多羡慕的眼光。有电影明星细眉的锡娇抓把瓜子嗑着，猩红的嘴唇里露出雪白的牙齿。她暗中扯了她妹妹的衣襟，嘴向一个客人的侧面努了一下。丽丽立刻笑红了脸，拿出一条丝绸手绢蒙住嘴挤出人堆到廊上走，望着已经在席上的男客们。有几个已经提起筷子高高兴兴地在选择肥美的鸡肉，一面讲着笑话，顿时都为着丽丽的笑声，转过脸来，镇住眼看她。丽丽扭一下腰，又摆了一下，软的长衫轻轻展开，露出裹着肉色丝袜的长腿走过另一边去。

年轻的茶房穿着蓝布大褂，肩搭一块桌布，由厨房里出来，两只手拿四碟冷荤，几乎撞住丽丽。闻到花露水香味，茶房忘却顾忌地斜过眼看。昨晚他上菜的时候，那唱戏的云娟坐在首席曾对着他笑，两只水钻耳坠，打秋千似的左右晃。

他最忘不了云娟旁座的张四爷，抓住她如玉的手臂劝干杯的情形。笑眯眯的带醉的眼，云娟明明是向着正端着大碗三鲜汤的他笑。他记得放平了大碗，心还怦怦地跳。直到晚上他睡不着，躺在院里板凳上乘凉，随口唱几声“孤王……酒醉……”才算松动了些。今天又是这么一个笑嘻嘻的小姐，穿着这一身软，茶房垂下头去拿酒壶，心底似乎恨谁似的一股气。

“逸九你喝一杯什么？”老卢做东这样问。

“我来一杯香桃冰激凌吧。”

“你去拣几块好点心，老孟。”主人又招呼那一个客。午饭问题算是如此解决了。为着天热，又为着起得太晚，老卢看到点心铺前面挂的“卫生冰激凌，咖啡，牛乳，各样点心”这种动人的招牌，便决意里面去消磨时光。约到逸九和老孟来聊天，老卢显然很满意了。

三个人之中，逸九最年少，最摩登。在中学时代就是一口英文，屋子里挂着不是“梨娜”就是“琴妮”的相片，从电影杂志里细心剪下来的，圆一张，方一张，满壁动人的娇憨——他到上海去了两年，跳舞更是出色了，老卢端详着自己的脚，打算找逸九带他到舞场拜老师去。

“哪个电影好，今天下午？”老孟抓一张报纸看。

邻座上两个情人模样男女，对面坐着呆看。男人有很温和的脸，抽着烟没有说话；女人的侧相则颇有动人的轮廓，睫毛长长的活动着，脸上时时浮微笑。她的青纱长衫罩着丰润的肩臂，带着神秘性的淡雅。两人无声地吃着冰激凌，似乎对于一切完全的满足。

老卢、老孟谈着时局，老卢既是机关人员，时常免不了说“我又有个特别的消息，这样看来里面还有原因”，于是一层一层地做更详细原因地检讨，深深地浸入政治波澜里面。

逸九看着女人的睫毛，和浮起的笑涡，想到好几年前同在假山后捉迷藏的琼两条发辫——一个垂前，一个垂后地跳跃。琼已经死了六七年，谁也没有再提起过她。今天这青长衫的女人，单单叫他心底涌起琼的影子。不可思议的，淡淡的，记忆描着活泼的琼。在极旧式的家庭里淘气，二舅舅提根旱烟管，厉声地出来停止她各种的嬉戏。但是琼只是敛住声音低低地笑。雨下大了，院中满是水，又是琼胆子大，把裤腿卷过膝盖，赤着脚，到水里装摸鱼。不小心她滑倒了，还是逸九去把她抱回来。和琼差不多大小的还有阿淑，住在对门，他们时常在一起玩，逸九忽然记起瘦小，不爱说话的阿淑来。

“听说阿淑快要结婚了，嬷嘱咐到表姨家问候，不知道阿淑要嫁给谁！”他似乎怕到表姨家。这几年的生疏叫他为难，前年他们遇见一次，装束不入时的阿淑倒有种特有的美，一种灵性……奇怪今天这青长衫女人为什么叫他想起这许多……

“逸九，你有相当的聪明，手腕，你又能巴结女人，你也应该来试试，我介绍你见老王。”

倦了的逸九忽然感到苦闷。

老卢手弹着桌边表示不高兴："老孟你少说话，逸九这位大少爷说不定他倒愿意去演电影呢！"种种都有一点落伍的老卢嘲笑着翩翩年少的朋友出气。

青纱长衫的女人和她朋友吃完了，站了起来。男的手托着女人的臂腕，无声地绕过他们三人的茶桌前面，走出门去。老卢、逸九注意到女人有秀美的腿，稳健的步履。两人的融洽，在不言不语中流露出来。

"他们是甜心！"

"愿有情人都成眷属。"

"这女人算好看不？"

三个人同时说出口来，各各有所感触。

午后的热，由窗口外嘘进来，三个朋友吃下许多清凉的东西，更不知做什么好。

"电影院去，咱们去研究一回什么'人生问题''社会问题'吧？"逸九望着桌上的空杯，催促着卢、孟两个走。心里仍然浮着琼的影子。活泼、美丽、健硕，全幻灭在死的幕后，时间一样的向前，计量着死的实在。像今天这样，偶尔地回忆就算是证实琼有过活泼生命的唯一的证据。

东安市场门口洋车像放大的蚂蚁一串，头尾衔接着放在街沿。杨三已不在他寻常停车的地方。

"区里去，好，区里去！咱们到区里说个理去！"就是这样，王康和杨三到底结束了殴打，被两个巡警弹压下来。

刘太太打着油纸伞，端正地坐在洋车上，想金裁缝太不小心了，今天这件绸衫下摆仍然不合适，领也太小，紧得透不了气，想不到今天这样热，早知道还不如穿纱的去。裁缝赶做的活总要出点毛病。实甫现在脾气更坏一点，老嫌女人们麻烦。每次有个应酬你总要听他说一顿的。今天张老太太做整寿，又不比得寻常的场面可以随便……

对面来了浅蓝色衣服的年轻小姐，极时髦的装束使刘太太睁大了眼注意了。

“刘太太哪里去？”蓝衣小姐笑了笑，远远招呼她一声过去了。

“人家的衣服怎么如此合适！”刘太太不耐烦地举着花纸伞。

“呜呜——呜呜——”汽车的喇叭响得震耳。

“打住。”洋车夫紧抓车把，缩住车身前冲的趋势。汽车过去后，由刘太太车旁走出一个巡警，带着两个粗人：一根白绳由一个的臂膀系到另一个的臂上。巡警执着绳端，板着脸走着。一个粗人显然是车夫，手里仍然拉着空车，嘴里咕噜着。很讲究的车身，各件白铜都擦得放亮，后面铜牌上还镌着“卢”字。这又是谁家的车夫，闹出事让巡警拉走。刘太太恨恨地一想车夫们爱肇事的可恶，反正他们到区里去少不了东家设法把他们保出来的……

“靠里!……靠里!”威风的刘家车夫是不耐烦挤在别人车后的——老爷是局长，太太此刻出去阔绰的应酬，洋车又是新打的，两盏灯发出银光……哗啦一下，靠手板在另一个车边擦一下，车已猛冲到前头走了。刘太太的花油纸伞在日光中摇摇荡荡地迎着风，顺着街心溜向北去。

胡同口酸梅汤摊边刚走开了三个挑夫。酸凉的一杯水，短时间地给他们愉快，六只泥泞的脚仍然踏着滚烫的马路行去。卖酸梅汤的老头儿手里正数着几十枚铜元，一把小鸡毛帚夹在腋下。他翻上两颗黯淡的眼珠，看看过去的花纸伞，知道这是到张家去的客人。他想今天为着张家做寿，客人多，他们的车夫少不得来摊上喝点凉的解渴。

“两吊……三吊!”他动着他的手指，把一叠铜元收入摊边美人牌香烟的纸盒中。不知道今天这冰够不够使用的，他翻开几重荷叶和一块灰黑色的破布，仍然用着他黯淡的眼珠向瓷缸里的冰块端详了一会儿:“天不热，喝的人少，天热了，冰又化得太快!”事情哪一件不有为难的地方，他叹口气再翻眼看看过去的汽车。汽车轧起一阵尘土，笼罩着老人和他的摊子。

寒暑表中的水银从早起上升，一直过了九十五度的黑线上。喜棚底下比较荫凉的一片地面上曾聚过各种各色的人物，丁大夫也是其间一个。

丁大夫是张老太太内侄孙，德国学医刚回来不久，麻利，漂亮，现在社会上已经有了声望，和他同席的都借着他是医生的缘故，拿北平市卫生问题做谈料，什么鼠疫，伤寒，预防针，微菌，全在吞咽八宝冬瓜，瓦块鱼，锅贴鸡，炒虾仁中间讨论过。

“贵医院有预防针，是好极了。我们过几天要来麻烦请教了。”说话的以为，如果微菌听到他有打预防针的决心也皆气馁了。

“欢迎，欢迎。”

厨房送上一碗凉菜，丁大夫踌躇之后决意放弃吃这碗菜的权利。

小孩们都抢了盘子边上放的小冰块，含到嘴里嚼着玩，其他客喜欢这凉菜的也就不少。天实在热！

张家几位少奶奶装扮得非常得体，头上都戴朵红花，表示对旧礼教习尚仍然相当遵守的。在院子中盘旋着做主人，各人心里都明白自已今天的体面。好几个星期前就顾虑到的今天，她们所理想到的今天各种成功，已然顺序的，在眼前实现。虽然为着这重要的今天，各人都轮流着觉得受过委屈，生过气，用过心思和手腕，将就过许多不如意的细节。

老太太颤巍巍地喘息着，继续维持着她的寿命。杂乱模糊的回忆在脑子里浮沉。兰兰七岁的那年……送阿旭到上海医病的那年真热……生四宝的时候在湖南，于是生育，病痛，兵乱，行旅，婚娶，没秩序，没规则地纷纷在她记忆下掀动。

“我给老太太拜寿，您给回一声吧。”

这又是谁的声音？这样大！老太太睁开打瞌睡的眼，看一个浓妆的妇人对她鞠躬问好。刘太太——谁又是刘太太，真是的！今天客人太多了，好吃劲，老太太扶着赵妈站起来还礼。

“别客气了，外边坐吧。”二少奶伴着客人出去。

谁又是这刘太太……谁？……老太太模模糊糊地又做了一些猜想，望着门槛又堕入各种的回忆里去。

坐在门槛上的小丫头寿儿，看着院里石榴花出神。她巴不得酒席可以快点开完，底下人们可以吃中饭，她肚子里实在饿得慌。一早眼睛所接触的，大部分几乎全是可口的食品，但是她仍然是饿着肚子，坐在老太太门槛上等候呼唤。她极想再到前院去看看热闹，但为想到上次被打的情形，只得竭力忍耐。在饥饿中，有一桩事她仍然没有忘掉她的高兴。因为老太太的整寿，大少奶给她一副银镯。虽然为着捶背而酸乏的手臂懒得转动，她仍不时得意地举起手来，晃摇着她的新镯子。

午后的太阳斜到东廊上，后院子暂时沉睡在静寂中。幼兰在书房里和羽哭着闹脾气：

“你们都欺侮我，上次赛球我就没有去看。为什么要去？反正人家也不欢迎我……慧石不肯说，可是我知道你和阿玲在一起玩得上劲。”抽噎的声音微微地由廊上传来。

“等会客人进来了不好看……别哭……你听我说……绝对没有这么回事的。咱们是亲表谁不知道我们亲热，你是我的兰，永远，永远的是我的最爱最爱的……你信我……”

“你在哄骗我，我……我永远不会再信你的了……”

“你又来伤我，你心狠……”

声音微下去，也和缓了许多，又过了一些时候，才有轻轻的笑语声。小丫头仍然饿得慌，仍然坐在门槛上没有敢动，她听着小外孙小姐和羽孙少爷老是吵嘴，哭哭啼啼的，她不懂。一会儿他们又笑着一块儿由书房里出来。

“我到婆婆的里间洗个脸去。寿儿你给我打盆洗脸水去。”

寿儿得着打水的命令，高兴地站起来。什么事也比坐着等老太太睡醒都好一点。

“别忘了晚饭等我一桌吃。”羽说完大步地跑出去。

后院顿时又堕入闷热的静寂里；柳条的影子画上粉墙，太阳的红比得胭脂。墙外天蓝蓝的没有一片云，像戏台上的布景。隐隐地送来小贩子叫卖的声音——卖西瓜的——卖凉席的，一阵一阵。

挑夫提起力气喊他孩子，找他媳妇。天快要黑下来，媳妇还坐在门口纳鞋底子；赶着那一点天亮再做完一只。一个月她当家的要穿两双鞋子，有时还不够的，方才当家的回家来说不舒服，睡倒在炕上，这半天也没有醒。她放下鞋底又走到旁边一家小铺里买点生姜，说几句话儿。

断续着呻吟，挑夫开始感到苦痛，不该喝那冰凉东西，早知道这大暑天，还不如喝口热茶！迷惘中他看到茶碗，茶缸，施茶的人家，碗，碟，果子杂乱地绕着大圆篓，他又像看到张家的厨房。不到一刻他肚子里像揪麻绳一般痛，发狂的呕吐使他沉入严重的症候里和死搏斗。

挑夫媳妇失了主意，喊孩子出去到药铺求点药。那边时常夏天是施暑药的……

邻居积渐知道挑夫家里出了事，看过报纸的说许是霍乱，要扎针的。张秃子认得大街东头的西医丁家，他披上小褂子，一边扣纽子，一边跑。丁大夫的门牌挂高高的，新漆大门两扇紧闭着。张秃子找着电铃死命地按，又在门缝里张望了好一会，才有人出来开门。“什么事？什么事？”门房望着张秃子生气，张秃子看着丁宅的门房说：“劳驾——劳驾您大爷，我们‘街坊’李挑子中了暑，托我来行点药。”

“丁大夫和管药房先生‘出份子去了’，没有在家，这里也没有旁人，这事谁又懂得？！”门房吞吞吐吐地说，“还是到对门益年堂打听吧。”大门已经差不多关上。

张秃子又跑了，跑到益年堂，听说一个孩子拿了暑药已经走了。张秃子是信教的，他相信外国医院的药。他又跑到那边医院里打听，等了半天，说那里不是施医院，并且也不收传染病的，医生晚上也都回家了，助手没有得上边话不能随便走开的。

“最好快报告区里，找卫生局里人。”管事的告诉他，但是卫生局又在哪里……

到张秃子失望地走回自己院子里的时候，天已经黑了下来，他听见李大嫂的哭声知道事情不行了。院里瓷罐子里还放出浓馥的药味。他顿一下脚，“咱们这命苦的……”他已在想如何去捐募点钱，收殓他朋友的尸体，叫孝子挨家去磕头吧！

天黑了下来，张宅跨院里更热闹，水月灯底下围着许多孩子，看变戏法的由袍子里捧出一大缸金鱼，一盘子“王母蟠桃”献到老太太面前。孩子们都凑上去验看金鱼的真假。老太太高兴地笑。

大爷熟识捧场过的名伶自动地要送戏，正院前边搭着戏台，当差的忙着拦阻外面杂人往里挤。大爷由上海回来，两年中还是第一次——这次碍着母亲整寿的面，不回来太难为情。这几天行市不稳定，工人们听说很活动，本来就不放心走开，并且厂里的老赵靠不住，大爷最记挂……

看到院里戏台上正开场，又看廊上的灯，听听厢房各处传来的牌声，风扇声，开汽水声，大爷知道一切都圆满地进行，明天事完了，他就可以走了。

“伯伯上哪儿去？”游廊对面走出一个清秀的女孩。他怔住了看，慧石——是他兄弟的女儿，已经长得这么大了？

大爷伤感着，看他早死兄弟的遗腹女儿，她长得实在像她爸爸……实在像她爸爸……

“慧石，是你。长得这样俊，伯伯快认不得了。”

慧石只是笑，笑。大伯伯还会说笑话，她觉得太料想不到的事，同时她像被电击一样，触到伯伯眼里蕴住的怜爱，一股心酸抓紧了她的嗓子。

她仍只是笑。

“哪一年毕业？”大伯伯问她。

“明年。”

“毕业了到伯伯那里住。”

“好极了。”

“喜欢上海不？”

她摇摇头：“没有北平好。可是可以找事做，倒不错。”

伯伯走了，容易伤感的慧石急忙回到卧室里，想哭一哭，但眼睛湿了几回，也就不哭了，又在镜子前抹点粉笑了笑；她喜欢伯伯对她那和蔼态度。嬷常常不满伯伯和伯母，常说些不高兴他们的话，但她自己却总觉得喜欢这伯伯的。

也许是骨肉关系有种不可思议的亲热，也许是因为感激知己的心，慧石知道她更喜欢她这伯伯了。

厢房里电话铃响。

“丁宅呀，找丁大夫说话？等一等。”

丁大夫的手气不坏，刚和了一牌三翻，他得意地站起来接电话：

“知道了，知道了，回头就去叫他派车到张宅来接。什么？要暑药的？发痧中暑？叫他到平济医院去吧。”

“天实在热，今天，中暑的一定不少。”五少奶坐在牌桌上抽烟，等丁大夫打电话回来。“下午两点的时候刚刚九十九度啦！”她睁大了眼表示严重。

“往年没有这么热，九十九度的天气在北平真可以的了。”一个客人摇了摇檀香扇，急着想做庄。

咔嗒一声，丁大夫将电话挂上。

报馆到这时候积渐热闹，排字工人流着汗在机器房里忙着。编辑坐到公事桌上面批阅新闻。本市新闻由各区里送到。编辑略略将张宅名伶送戏一节细细看了看，想到方才同太太在市场吃冰激凌后，遇到街上的打架，又看看那段厮打的新闻，于是很自然地写着“西四牌楼三条胡同卢宅车夫杨三……”新闻里将杨三、王康的争斗形容得非常动听，一直到了“扭区成讼”。

再看一些零碎，他不禁注意到挑夫霍乱数小时毙命一节，感到白天去吃冰淇凌是件不聪明的事。

杨三在热臭的拘留所里发愁，想着主人应该得到他出事的消息了，怎么还没有设法来保他出去。王康则在又一间房子里喂臭虫，苟且地睡觉。

“……哪儿呀，我卢宅呀，请王先生说话……”老卢为着洋车被扣已经打了好几个电话了，在晚饭桌他听着太太的埋怨……那杨三真是太没有样子，准是又喝醉了，三天两回闹事。

“……对啦，找王先生有要紧事，出去饭局了么？回头请他给卢宅来个电话！别忘了！”

这大热晚上难道闷在家里听太太埋怨？杨三又没有回来，还得出去雇车，老卢不耐烦地躺在床上看报，一手抓起一把蒲扇赶开蚊子。

你若安好，便是晴天——戏剧

梅真同他们[1]（四幕剧　未完成）

梅蕊触人意，冒寒开雪花。

遥怜水风晚，片片点汀沙。

——黄山谷《题梅》

第一幕

出台人物（按出台先后）：

四十多岁的李太太（已寡）　李琼

四小姐　（李琼女）　李文琪

梅真　李家丫头

荣升　仆人

唐元澜　从国外回来年较长的留学生

①三幕连载于1937年5、6、7月的《文学杂志》。

大小姐　（李前妻所出，非李琼女）　李文娟

张爱珠　文娟女友

黄仲维　研究史学喜绘画的青年

地点：三小姐四小姐共用的书房

时间：最近的一个冬天寒假里

这三间比较精致的厢房妈妈已经给了女孩子们做书房（三个女孩中已有一个从大学里毕了业，那两个尚在二年级的兴头上）。这房里一切器具虽都是家里书房中旧有的，将就地给孩子们摆设，可是不知从书桌的哪一处，书架上，椅子上，睡榻上，乃至于地板上，都显然地透露出青年女生宿舍的气氛。

现在房里仅有妈妈同文琪两人（文琪寻常被称做“老四”，三姊文霞、大姊文娟都不在家），妈妈（李琼）就显然不属于这间屋子的！她是那么雅素整齐，端正地坐在一张直背椅子上看信，很秀气一副花眼眼镜架在她那四十多岁的脸上。

“老四”文琪躺在小沙发上看书，那种特殊的蜷曲姿势，就表示她是这里真实的主人毫无疑问！她的眼直愣愣地望着书，自然地、甜蜜地同周围空气合成一片年轻的享乐时光。

时间正在寒假的一个下午里，屋子里斜斜还有点太阳，有一盆水仙花，有火炉，有柚子，有橘子，吃过一半的同整个的全有。

妈妈看完信，立起来向周围望望，眼光抚爱地停留在那“老四”的身上，好一会儿，才走过去到另一张矮榻前翻检

那上面所放着的各种活计编织物。老四愣愣地看书，连翻过几篇书页，又回头往下念，毫未注意到妈妈的行动。

琼 大年下里，你们几个人用不着把房子弄得这么乱呀！（手里提起矮榻上的编织物，又放下）

琪 （由沙发上半仰起头看看又躺下）那是大姊同三姊的东西，一会儿我起来收拾得了。

琼 （慈爱地抿着嘴笑）得了。老四，大约我到吃晚饭时候进来，你也还是这样躺着看书！

琪 （毫不客气地）也许吧！（仍看书）

琼 （仍是无可奈何地笑笑，要走出门又回头）噢，我忘了，二哥信里说，他要在天津住一天，后天早上到家。（稍停）你们是后天晚上请客吧？

琪 后天？噢，对了，后天，（忽然将书合在右胸上稍稍起来一点）二哥说哪一天到？

琼 他说后天早上。

琪 那行了——更好。其实，就说是为他请客，要他高兴一点儿。

琼 二哥说他做了半年的事，人已经变得大人气许多，他还许你们太疯呢！（暗中为最爱的儿子骄傲）

琪 不会，我找了许多他的老同学，还……还请了璨璨。妈妈记得他是不是有点喜欢璨璨？

琼 我可不知道，你们的事，谁喜欢谁，谁来告诉妈呀？我告诉你，你们请客要什么东西，早点告诉我，听差荣升都靠不住的，你尽管孩子气，临时又该着急了。

琪 大姊说她管。

琼 大姊？她从来刚顾得了自己，并且这几天唐元澜回来了，他们的事真有点……（忽然凝思不语，另改了一句话）反正你别太放心了，有事还是早点告诉我好，凡是我能帮忙的我都可以来。

琪 （快活地、感激地由沙发上跳起来仍坐在沙发边沿眼望着妈）真的？妈妈！（撒娇地）妈妈，真的？（把书也扔在一旁）

琼 怎么不信？

琪 信，信，妈妈！（起来扑在妈妈右肩，半推着妈妈走几步）

琼 （同时的）这么大了还撒娇！

琪 妈妈，（再以央求的口气）妈妈……

琼 （被老四扯得要倒，挣扎着维持平衡）什么事？好好地说呀！

琪 我们可以不可以借你的那一套好桌布用？

琼 （犹豫）那块黄边挑花的？

琪 爹买给你的那块。

琼 （戏拨老四脸）亏你记得真！爹过去了这五年，那桌布就算是纪念品了。好吧，我借给你们用。（感伤向老四）今年爹生忌，你提另买把花来孝敬爹。

琪（自然地）好吧，我再提另买盒糖送你，（逗妈的口气）不粘牙的！

琼（哀愁的微笑，将出又回头）还有一桩事，我要告诉你。你别看梅真是个丫头，那孩子很有出息，又聪明又能干，你叫她多帮点你的忙……你知道大伯嬷老挑那孩子不是，大姊又常磨她，同她闹，我实在不好说……我很同情梅真，可是就为得大姊不是我生的，许多地方我就很难办！

琪 妈妈放心好了，梅真对我再痛快没有的了。

（李琼下，文琪又跳回沙发上伸个大懒腰，重新愣生生地瞪着眼看书。小门轻轻地开了，进来的梅真约莫在十九至廿一岁中间，丰满不瘦，个子并不大，娇憨天生，脸上处处是活泼的表情，尤其是一双伶俐的眼睛顶叫人喜欢。）

梅（把长袍的罩布褂子前襟翻上，里面兜着一堆花生，急促地）四小姐！四小姐！

琪（正在翻书，不理会）……

梅 李文琪！

琪（转脸）梅真！什么事这样慌慌张张的？

梅 我——我——（气喘地）我在对过陈太太那儿斗纸牌，斗赢了一大把落花生，几只柿子！（把柿子摇晃着放

书架上）

琪 好，你又斗牌，一会儿大小姐回来，我给你“告”去。

梅 （顽皮地捧着衣襟到沙发前）你闻这花生多香，你要告去，我回房里一个人吃去。（要走）

琪 哎，别走，别走，坐在这里剥给我吃。（仍要看书）

梅 书呆子倒真会享福！你还得再给我一点赌本，回头我还想掷“骰子”去呢。……陈家老姨太太来了，人家过年挺热闹的。

琪 这坏丫头，什么坏的你都得学会了才痛快，谁有对门陈家那么老古董呀……

梅 （高兴地笑）谁都像你们小姐们这样向上？（扯过一张小凳子坐下）反正人家觉得做丫头的没有一个好的，大老爷昨天不还在饭桌上说我坏么？我不早点学一些坏，反倒给人家不方便！（剥花生）

琪 梅真，你这张嘴太快，难怪大小姐不喜欢你！（仍看书）

梅 （递花生到文琪嘴里）这两天大小姐自己心里不高兴，可把我给磨死了！我又不敢响，就怕大太太听见又给大老爷告嘴，叫你妈妈为难。

琪 （把书撇下坐起一点）对了，这两天大姊真不高兴！你说，梅真，唐家元哥那人脾气古怪不古怪？……我看大姊好像对他顶失望的（伸手同梅真要花生）……给我两个我自己剥吧……大姊是虚荣心顶大的人……

（吃花生，梅真低头也在剥花生）唐家元哥可好像什么都满不在乎……（又吃花生）……到底，我也没有弄明白当时元哥同大姊，是不是已算是订过婚，这阵子两人就都别扭着！我算元哥在外国就有六年，谁知道他有没有人！（稍停）大姊的事你知道，她那小严就闹够了一阵，现在这小陆，还不是老追着她！我真纳闷！

梅 我记得大小姐同唐先生好像并没有正式的订婚，可是差不多也就算是了，你知道当时那些办法古里古怪的……（吃花生）噢，我记起来了，起先是唐先生的姨嬷——刘姑太太——来同大太太讲，那时唐先生自己早动身走了。刘姑太太说是没有关系，事情由她做主，（嚼着花生顽皮地）后来刘姑太太许是知道了她做不了主吧，就没有再提起，可是你的大伯伯那脾气，就咬定了这个事……

琪 现在我看他们真别扭，大姊也不高兴，唐家元哥那不说话的劲儿更叫人摸不着头儿！

梅 你操心人家这许多事干吗？

琪 （好笑地）我才没有操心大姊的事呢，我只觉得有点别扭！

梅 反正婚姻的事多少总是别扭的！

琪 那也不见得。

梅 （凝思无言，仍吃花生）我希望赶明儿你的不别扭。

琪 （起立到炉边看看火，把花生皮掷入）你看大姊那位好朋友张爱珠，特别不特别，这几天又尽在这里扭来扭去的，打听二哥的事儿！

梅 （仍捧着衣襟，也起立）让她打听好了！她那眯着眼睛，扭劲儿的！

琪 （提着火筷指梅真）你又淘气了！（忽然放下火筷走过来小圆桌边）梅真，我有正经事同你商量。

梅 可了不得，什么正经事？别是你的终身大事吧？（把花生由襟上倒在桌面上）

琪 别捣乱，你听着。（坐椅边摇动两只垂着的脚。梅真坐在对面一张椅子上听）后天，后天我们不是请客么？……咳咳……糟糕，（跳下，往书桌方向走去）请帖你到底都替我们发出去了没有？前天我看见还有好些张没有寄，（慌张翻抽屉）糟糕，请帖都哪儿去了？

梅 （闲适地）大小姐不是说不要我管么？

琪 （把抽屉大声地关上）糟了，糟了，你应该知道，大小姐的话靠不住的呀！她说不要你管，她自己可不一定记得管呀！（又翻另一个抽屉）她说……

梅 （偷偷好笑）得了，得了，别着急……我们做丫头的可就想到这一层了，人家大小姐尽管发脾气，我们可不能把人家的事给误了！前天晚上都发出去了。缺的许多住址也给填上了，你说我够不够格儿做书记？

琪　（松一口气又回到沙发上）梅真，你真“可以”的！明日我要是有出息，你做我的秘书！

梅　你怎样有出息法子？我倒听听看。

琪　我想写小说。

梅　（抿着嘴笑）也许我也写呢！

琪　（也笑）也许吧！（忽然正经起来）可是梅真，你要想写，你现在可得多念点书，用点功才行呀！

梅　你说得倒不错！我要多看上了书，做起事来没有心绪，你说大小姐答应不答应我呢？

琪　晚上……

梅　晚上看！好！早上起得来吗？我们又没有什么礼拜六，礼拜天的！……

琪　我同妈妈商量礼拜六同礼拜天给你放假……

梅　得了，礼拜六同礼拜天你们姊儿几个一回家，再请上四五位都能吃能闹的客，或是再忙着打扮出门，我还放什么假？要给我，干脆就给我礼拜一，像中原公司那样……

琪　好吧，我明儿替你说去，现在我问你正经话……

梅　好家伙。正经话说了半天还没有说出来呀？

琪　没有呢！……你看，咱们后天请客，咱们什么也没有预备呢！

梅　“咱们”请客？我可没有这福气！

琪 梅真你看！你什么都好，就是有时这酸劲儿的不好，我告诉你，人就不要酸，多好的人要酸了，也就没有意思了……我也知道你为难……

梅 你知道就行了，管我酸了臭了！

琪 可是你不能太没有勇气，你得往好处希望着，别尽管灰心。你知道酸就是一方面承认失败，一方面又要反抗，倒反抗不反抗的……你想那多么没有意思！

梅 好吧，我记住你这将来小说家的至理名言。可是你忘了世界上还有一种酸，本来是一种忌妒心发了酵变成的，那么一股子气味——可是我不说了。……

琪 别说吧。回头……

梅 好。我不说，现在我也告诉你正经话，请客的事，我早想过了！……

琪 我早知道你一定有鬼主意……

梅 你看人家的好意你叫做鬼主意！其实我尽可不管你们的事的！话不又说回来了么，到底一个丫头的职务是什么呀?

琪 管他呢？我正经劝你把这丫头不丫头的事忘了它，（看到梅真抿嘴冷笑）你——你就当在这里做……做个朋友……

梅 朋友？谁的朋友？

琪 帮忙的……

梅 帮忙的？为什么帮忙？

琪 远亲……一个远房里小亲戚……

梅 得了吧，别替我想出好听的名字了，回头把你宝贝小脑袋给挤破了！丫头就是丫头，这个倒霉事就没有法子办，谁的好心也没有法子怎样的，除非……除非哪一天我走了，不在你们家！别说了，我们还是讲你们请客的事吧。

琪 请客的事，你闹得我把请客的事忘光了！

梅 你瞧，你的同情心也到不了那儿不是？刚说几句话，就算闹了你的正经事，好娇的小姐！

琪 你的嘴真是小尖刀似的！

梅 对不起，又忘了你的话。

琪 我的什么话？

梅 你不说，有勇气就不要那样酸劲儿么？

（荣升入。荣升是约略四十岁的北方听差，虽然样子并无特殊令人注意之处，可是看去却又显然有一点点滑稽。）

荣 四小姐电话……黄仲维先生，打什么画会里打来的，我有点听不真，黄先生只说四小姐知道……

琪 （大笑）得了，我知道，我知道。（转身）耳机呢，耳机又跑哪里去了？

梅 又是耳机跑了！什么东西自己忘了放在哪儿的，都算是跑了！电话本子，耳机都长那么些腿？（亦起身到处找）（荣升由桌子边书架上找着耳机递给四小姐，自己出。）

琪 （接电话）喂，喂，（生气地）荣升！你把电话挂上罢！我这儿听不见！喂，仲维呀？什么事？

梅 四小姐我出去吧，让你好打电话……

琪 （接着电话筒口）梅真，梅真你别走，请客的事，（急招手）别走呀！喂，喂，什么？噢，噢，你就来得啦？……我这儿忙极了，你不知道！吓？我听不见，你就来吧！吓？好，好……

（梅笑着回到桌上拿一张纸、一支铅笔坐在椅上，一面想一面写。）

琪 （继续打电话）好，一会儿见。（拔掉电话把耳机带到沙发上一扔）

梅 （看四小姐）等等又该说耳机跑了！（又低头写）

琪 刚才我们讲到哪儿了？

梅 讲到……我想想呀，噢，什么酸呀臭呀的，后来就来了甜的……电话？

琪 （发出轻松的天真的笑声）别闹了，我们快讲请客的事吧。

梅 哎呀，你的话怎么永远讲不到题目上来呀？（把手中单子递给文琪看）我给你写好了一个单子你看好不好？家里蜡台我算了算一共有十四个，桌布我也想过了……

琪 桌布，（看手中单子）亏你也想到了，我早借好啦！

梅 好吧，好吧，算你快一步！我问你吃的够不够？

琪 （高兴地）够了，太够了。（看单子）嘿，这黑宋瓷胆瓶拿来插梅花太妙了，梅真你怎么那么会想？

梅 我比你大两岁，多吃两碗饭呢！（笑）我看客厅东西要搬开，好留多点地方你们跳舞，你可得请太太同大爷说一声，回头别要大家“不合适”。（起立左右端详）这间屋子我们给打扮得怪怪的，顶摩登的，未来派的，（笑）像电影里的那样留给客人们休息、抽烟、谈心或者“做爱”——，好不好？

琪 这个坏丫头！

梅 我想你可以找你那位会画画的好朋友来帮忙，随便画点摩登东西挂起来，他准高兴！

琪 找他？仲维呀？鬼丫头，你主意真不少！我可不知道仲维肯不肯。

梅 他干吗不肯？（笑着到桌边重剥花生吃）

琪 （跟着她过去吃花生，忽然俯身由底下仰看着梅真问）唐家元哥——唐元澜同黄——黄仲维两人，你说谁好？

梅 （大笑以挑逗口气）四小姐，你自己说吧，问我干吗？！

琪 （不好意思）这鬼！我非打你不可！（伸手打梅背）

（梅真乱叫，几乎推翻桌子，桌子倾斜一下，花生落了满地，两人满房追打。）

（荣升开门无声地先皱了皱眉，要笑又不敢。）

荣 唔，四小姐，唐先生来了。

（四小姐同梅真都不理会，仍然追着闹。）

荣 （窘，咳嗽）大小姐，三小姐管莫都没有回来吧？

（四小姐同梅真仍未理会。）

荣 （把唐元澜让了进来，自己踌躇的）唐先生，您坐坐吧，大小姐还没有回来。（回头出）

（唐元澜已是三十许人，瘦高，老成持重，却偏偏富于幽默。每件事，他都觉得微微好笑，却偏要皱皱眉。敏锐的口角稍稍掀动，就停止下来；永远像是有话要说，又不想说，仅要笑笑拉倒。他是个思虑深的人，可又有一种好脾气，所以样子看去倒像比他的年岁老一点。身上的衣服带点“名士派”，可不是破烂或肮脏。口袋里装着书报一类东西，一伸手进去，似乎便会带出一些纸片。）

（唐元澜微笑看四小姐同梅真，似要说话又不说了，自己在袋里掏出烟盒来，将抽，又不抽了。）

琪 （红着脸摇一摇头发望到唐）元哥，他们都不在家，就剩我同梅真两个。

唐 （注视梅真又向文琪）文琪，玩什么这么热闹？

琪　（同梅真一同不好意思地憨笑。琪指梅真）问她！

唐　我问你二哥什么时候能到家？

（梅真因鞋落，俯身扣上鞋，然后起立难为情地往着门走，听到话，回头望着。）

琪　二哥后天才到，因为在天津停一天。（向梅）这坏丫头！怔什么？

梅　你说二少爷后天才回来？……我想……我先给唐先生倒茶去吧。

唐　别客气了，我不大喝茶。（皱眉看到地上花生）噢，这是哪里来的？（俯身拾地上花生剥着放入嘴里）

梅　（憨笑地）你看唐先生饿了，我给你们开点心去！（又回头）四小姐，你们吃什么？

琪　随便，你给吧！噢，把你做的蛋糕拿来，（看梅将出又唤回她）等等，梅真，（伸手到抽屉里掏几张毛钱票给梅）哪，拿走吧，回头我忘了，你又该赌不成了。

梅　（高兴地淘气地笑）好小姐，记性不坏，大年下我要赌不成，说不定要去上吊，那多冤呀！

唐　（目送梅出去）你们真热闹！

琪　梅真真淘气，什么都能来！

唐　聪明人还有不淘气的？文琪，我不知道你家里为什么现在不送她上学了？

琪　我也不大知道，反正早就不送她上学了。奶奶在的时候就爱说妈惯她，现在是大伯伯同伯嬷连大姊也不喜欢她，说她上了学，上不上，下不下的，也不知算什么！那时候我们不是一起上过小学么？在一个学堂里大姊老觉得不合适。

唐 学堂里同学都知道她是……

琪 自然知道的，弄得大家都别扭极了。后来妈就送她到另外一个中学，大半到了初中二年级就没有再去了……

唐 为什么呢?

琪 她觉得太受气了，有一次她很受点委屈——一个刺激吧，（稍停）别说了，（回头看看）一会儿谁进来了听见不好。（稍停）……元哥，你说大姊跟从前改了样子没有?

唐 改多了……其实谁都改多了，这六年什么都两样得了不得……大家都——都很摩登起来。

琪 尤其是大姊，你别看三姊糊里糊涂的，其实更摩登，有点普罗派，可很矛盾的，她自己也那么说。（笑）还有妈妈，元哥你看妈妈是不是个真正摩登人？（急说地）严格的说，大姊并不摩登，我的意思说，她的思想……

唐 （苦笑打断文琪的话）我抽根烟，行不行?（取出烟）

琪 当然，——你抽好了！

（唐元澜划了洋火点上，衔着烟走向窗前背着。）

琪 （到沙发上习惯地坐下，把腿弯上去，无聊地）。我——

我也抽根烟行不行？

唐 （回过身来微笑）当然——你抽好了！

琪 我可没有烟呀！

唐 对不起。（好笑地从袋里拿出烟盒，开了走过递给文琪，让她自己拿烟）

琪 （取根烟让唐给点上）元哥，写文章的人是不是都应该会抽烟？

唐 （逗老四口气）当然的！要真成个文豪，还得学会了抽雪茄烟呢！

琪（学着吹烟圈）元哥，你是不是同大姊有点别扭？你同她不好，是不是？

唐 （笑而不答，拾起沙发上小说看看，诧异地）你在看这个？（得意）喜欢么？真好，是不是？

琪 好极了！（伸手把书要回来）元哥，原来你也有热心的时候，起初我以为你什么都不热心，世界上什么东西都不爱！

唐 干吗我不热心？世界上（话讲得很慢）美的东西……美的书……美的人……我一样地懂得爱呀！怎么你说得我好像一个死人！

琪 不是，我看你那么少说话，怪别扭的，（又急促地）我同梅真常说你奇怪！

唐 （声音较前不同，却压得很低）你同梅真？梅真也说我奇怪么？

琪 不，不，我们就是说——摸不着你的脾气……（窘极翻小说示唐）你看这本书还是你寄给大姊的，大姊不喜欢，我就捡来看……

唐 大姊不喜欢小说，是不是？我本就不预备她会看的，我想也许有别人爱看！

琪 （老实地）谁？（又猜想着）

唐 （默然，只是抽着烟走到矮榻前，预备舒服地坐下，忽然触到毛织物，跳起，转身将许多针线移开）好家伙，这儿创作品可真不少呀！

琪 （吓一跳，笑着，起来走过去）对不起，对不起，这都是姊姊们的创作，扔在这儿的！我来替你收拾开点，（由唐手里取下织成一半的毛衣，提得高高的）你看这是三姊的，织了滑冰穿的，人尽管普罗，毛衣还是得穿呀！（比在自己身上）你看，这颜色不能算太“布尔乔雅”吧？（顽皮得高兴）

（唐元澜又捡起一件大红绒的东西。）

琪 （抢过在手里）这是大姊的宝贝，风头的东西，你看，（披红衣在肩上，在房里旋转）我找镜子看看……

（大小姐文娟同张爱珠，热闹地一同走入。文娟是个美丽的小姐，身材长条，走起路来非常好看，眉目秀整，但不知什么缘故，总像在不耐烦谁，所以习惯于锁起眉尖，叫人家有点儿怕她，又不知道什么时候得罪了她似的，怪难过的。张爱珠，眯着的眼里有许多讲究，她会笑极了，可是总笑得那么不必需，这会子就显然在热闹地笑，声音叽叽喳喳地在说一些高兴的话。）

娟 （沉默地，冷冷地望着文琪）这是干吗呀？

琪 （毫不在意地笑笑地说）谁叫你们把活全放开着就走了？人家元哥没有地方坐，我才来替你们收拾收拾。

珠 Mr.唐等急了吧，别怪文娟，都是我不好……（到窗前拢头发抹口唇）

唐 （局促不安）我也刚来。（到炉边烤火）

娟 （又是冷冷地一望）刚来？（看地上花生，微怒）谁这样把花生弄得满地？！（向老四）屋子乱，你干吗不叫梅真来收拾呢？你把她给惯得越不成样子了！

琪 （好脾气地赔笑着）别气，别气，我来当丫头好了。（要把各处零碎收拾起来）

娟 谁又气？更不用你来当丫头呀！（按电铃）爱珠，对不起啊，屋子这么乱！

珠 你真爱清爽，人要好看，她什么都爱好看。（笑眯眯地向唐）是不是？

（梅真入。）

梅 大小姐回来啦？

娟 回来了，就不回来，你也可以收拾收拾这屋子的！你看看这屋子像个什么样子？

梅 （偷偷同老四做脸，老四做将笑状手掩住口）我刚来过了，看见唐先生来了，就急着去弄点心去。

娟 我说收拾屋子就是收拾屋子，别拉到点心上。

梅 （噘着嘴）是啦，是啦。（往前伸着手）您的外套脱不脱？要脱就给我吧，我好给挂起来，回头在椅子上堆着也是个不清爽不是？

娟 （生气地脱下外套交梅）拿去吧，快开点心！

梅 （偏不理会地走到爱珠前面）张小姐，您的也脱吧，我好一起挂起来。

（爱珠脱下外套交梅）

梅 （半顽皮地向老四）四小姐，您受累了，回头我来捡吧。

（又同老四挤了挤眼，便捧着一堆外套出去）

唐 （由炉边过来摩擦着手大声地笑）这丫头好厉害！

娟 （生气地）这怎么讲？

唐 没有怎样讲，我就是说她好厉害。

娟 这又有什么好笑？本来都是四妹给惯出来的好样子，来了客，梅真还是这样没规没矩的。

唐 别怪四妹，更别怪梅真，这本来有点难为情，这时代还叫人做丫头，做主人的也不好意思，既然从小就让人家上学受相当教育，你就不能对待她像对待底下人老妈子一样！

娟 （羞愤）谁对待她同老妈子一样了？既是丫头，就是进了学，念了一点书，在家里也还该做点事呀，并且妈妈早就给她月费的。

唐 问题不在做事上边，做事她一定做的，问题是在你怎样叫她做事……口气，态度，怎样的叫她不……不觉得……

珠 （好笑地向文娟）Mr.唐有的是书生的牢骚……她就不知道人家多为难，你们这梅真有时真气人透了……Mr.唐，你刚从外国回来有好些个思想，都太理想了，在中国就合不上。

娟 （半天不响才冷冷地）人家热心社会上被压迫的人，不好么？……可是我可真不知道谁能压迫梅真？我们不被她欺侮、压迫就算很便宜啰，那家伙……尽借着她那地位来打动许多人的同情！遇着文霞我们的那位热心普罗的三小姐更不得了……

珠 其实丫头还是丫头脾气，现在她已经到了岁数，——他们从前都说丫头到了要出嫁的岁数，顶难使唤的了，原来真有点那么一回事！我妈说……（吃吃笑）

琪 （从旁忽然插嘴）别缺德呀！

娟 你看多奇怪，四妹这护丫头的劲儿！

（门开处黄仲维笑着捧一大托盘茶点入，梅真随在后面无奈何他。黄年轻，活泼，顽皮，身着洋服内衬花毛线衣，健康得像运动家，可是头发蓬松一点，有一双特别灵敏的眼睛，脸上活动的表情表示他并不是完全的好脾气，心绪恶劣时可以发很大的脾气，发完又可以自己懊悔。就因为这一点许多女孩子本来可以同他恋爱的倒有点怕他，这一点也就保护着他不成为模范情人。此刻他高兴地胡闹地走入他已颇熟识的小书房。）

黄 给你们送点心来了！（四顾）大小姐，四小姐，张小姐，唐先生，你们大家好！（手中捧盘问梅真）这个放哪儿呀？

梅 你看，不会做事偏要抢着做！（指小圆桌）哪，放这儿吧！

娟 （皱眉对梅）梅真规矩点，好不好？

梅 （噘起嘴，不平地）人家黄先生愿意拿，闹着玩又有什么要紧？

珠 （做讨厌梅真样子，转向黄）仲维，你来的真巧，我们正在讨论改良社会，解放婢女问题呢。

黄 讨论什么？（放下茶盘）什么问题？

珠 解放婢女问题。

梅 （如被刺问张）张小姐，您等一等，这么好的题目，等我走了再讨论吧，我在这儿，回头妨碍您的思想！（急速转身出）

（唐元澜咳嗽要说话又不说。）

黄 （呈不安状，交换皱眉）梅真生气了。

琪 你能怪她么？

娟 生气让她生气好了。

珠 我的话又有什么要紧，“解放婢女问题”，做婢女的听见了又怎样？我们不还说“解放妇女”么？我们做妇女的听见难道也就该生气么？

琪 （不理张）我们吃点心吃点心！仲维，都是你不好，无端端惹出是非来！

黄 真对不起！（看大小姐，生气地）谁想到你们这儿规矩这么大？！我看，我看，（气急地）梅真也真……倒……

琪 （搁住黄的话）别说啦，做丫头当然倒霉啦！

黄 那，你们不会不要让她当丫头么？

琪 别说孩子话啦——吃点心吧！

娟 （冷笑地）你来做主吧！

黄 （不理大小姐，向文琪）怎么是孩子话？

唐 （调了嗓子，低声地）文琪的意思是：这不在口里说让不让她当丫头的问题。问题在：只要梅真在她们家，就是不拿她当丫头看待，她也还是一个丫头，因为名义上、实际上，什么别的都不是！又不是小姐，又不是客人，又不是亲戚……

琪 （惊异地望着元澜，想起自己同梅真谈过的话）元哥，你既然知道得这么清楚，你看梅真这样有什么办法？

唐 有什么办法？（稍停）也许只有一个办法，让她走，离开你们家，忘掉你们，上学去，让她到别处去做事——顶多你们从旁帮她一点忙——什么都行，就是得走。

娟 又一个会做主的——这会连办法都有了，我看索性把梅真托给你照应得了，元澜，你还可以叫她替你的报纸办个社会服务部。

琪 吃点心吧，别抬杠了！（倒茶）仲维，把这杯给爱珠，这杯给大姊。

（大家吃点心。）

唐 （从容地仍向娟）人家不能替你做主，反正早晚你们还是得那样办，你还是得让她走，她不能老在你们这里的。

娟 当然不能！

琪 元哥，你知道梅真自己也这样想，我也……

娟 老四，梅真同你说过她要走么？

琪 不是说要走，就是谈起来，她觉得她应该走。

娟 我早知道她没有良心，我们待她真够好的了，从小她穿的住的都跟我们一样，小的时候太小，又没有做事，后来就上学，现在虽然做点事，也还拿薪水呀！元澜根本就不知道这些情形。……元澜，你去问你刘姨嬷，你还问她，从前奶奶在的时候，梅真多叫老太太生气，刘姨嬷知道。

唐 这些都是不相干的，一个人总有做人的……的 Pride 呀。谁愿意做，做……哪，刚才爱珠说的“婢女”呀！管你给多少薪水！

珠 （捡起未完毛线衣织，没有说话，此刻起立）文娟，别吵了，我问你，昨天那件衣料在哪儿？去拿给我看看，好不好？

娟 好，等我喝完这口茶，你到我屋子比比，我真想把它换掉。

珠 （又眯着眼笑）别换了，要来不及做了，下礼拜小陆请你跳舞不是？别换了吧。

娟 你不知道，就差那一点就顶不时髦，顶不对劲了。小陆眼睛尖极了。

黄 （吃完坐在沙发看杂志，忽然插嘴）什么时髦不时髦的，怎样算是对劲，怎样算是不对劲？

（唐望望文娟无语，听到黄说话，兴趣起来，把杯子放下听，拿起一块蛋糕走到角落里倚着书架。）

珠 你是美术家，你不知道么？

琪 （轻声亲热地逗黄）碰了一鼻子灰了吧？

（唐元澜无聊地忽走过，俯身由地上捡拾一个花生吃。）

黄 （看见）这倒不错，满地上有吃的呀！（亦起俯身捡一粒）怎么，我捡的只是空壳。（又俯身捡寻）

琪 你知道这花生哪里来的？

黄　不知道。

琪　（凑近黄耳朵）梅真赌来的！

娟　（收拾椅上活计东西要走，听见回头问）哪儿来的？

（唐、黄同文琪都笑着不敢答应。）

黄　（忽然顽皮地）有人赌来的！

娟　什么？

琪　（急）没有什么，别听他的，（向黄）再闹我生气了。

娟　（无聊地起来）爱珠，上我屋来，我给你那料子看吧。（向大家）对不起呀，我们去一会就来，反正看电影时间还早呢，老三也没有回来。

珠　（提着毛织物，叽叽咕咕地）你看这件花样顶难织了，我……（随娟出）

（文娟同爱珠同下。）

唐　哎呀，我都忘了约好今天看电影，还好我来了！我是以为二弟今天回来，我来找他有事！（无聊地坐下看报）

黄　（直爽地）我没有被请呀，糟糕，我走吧！（眼望着文琪）

琪　别走，别走，我们还有事托你呢，我们要找你画点新派的画来点缀这个屋子。

黄　（莫名其妙地）什么？

琪　我们后天晚上请客，要把这屋子腾出来作休息室，梅真出个好主意，她说把它变成未来派的味儿，给人抽烟、说话用。我们要你帮忙。

（唐在旁听得很有兴趣，放报纸在膝上。）

黄 （抓头）后天晚上，好家伙！

（门忽然开了，李琼走了进来。）

琼 （妈妈的颜色不同平常那样温和，声音也急促点）老四你在这儿，我问你，你们干吗又同梅真过不去呀？大年下的！

琪 我没有……

唐 表姑。

黄 （同时地）伯母。

琼 来了一会吧，对不起，我要问老四两句话。

琪 妈，妈别问我，妈知道大姊的脾气的，今天可是张爱珠诚心同梅真过不去！梅真实在有点儿太难。

琼 （坐下叹口气）我真不知怎么办好！梅真真是聪明，岁数也大了，现在我们这儿又不能按老规矩办事，现在叫她上哪儿去好，送她到哪儿去我也不放心，老实说也有点舍不得。你们姊儿们偏常闹到人家哭哭啼啼的，叫我没有主意！

琪 不要紧，妈别着急，我去劝劝她去好不好？

黄 对了，你去劝劝她，刚才都是我不好。

琼 她赌气到对门陈家去了，我看那个陈太太对她很有点不怀好意。

琪 （张大了眼）怎么样不怀好意，妈？

琼 左不是她那抽大烟的兄弟！那陈先生也是鬼头鬼脑的。……得了，你们小孩子哪里懂这些事？梅真那么聪明人，也还不懂得那些人的用心。

唐 那老陈不是吞过公款被人控告过的么？

琼 可不是？可是后来，找个律师花点钱，事情马马虎虎也就压下来了；近来又莫名其妙地很活动，谁知道又在那里活动些什么。一个顶年轻的少奶奶，人倒顶好，所以梅真也就常去找她玩，不过，我总觉得不妥当，所以她一到那边我就叫人叫她回来，我也没告诉过梅真那些复杂情形（稍停，向文琪）……老四你现在就过去一趟，好说坏说把梅真劝回来罢！

琪 （望黄）好吧，我，我就去。

黄 我送你过去。

（文琪取壁上外衣，黄替她穿上。）

琪 妈，我走啦。元哥一会见。

黄 （向唐招呼地摆摆手）好，再见。

（两人下。）

唐 （取烟盒递给李琼）表姑抽烟不？

琼 （摇摇头）不是我偏心，老四这孩子顶厚道。

唐 我知道，表姑，文琪是个好孩子。（自己取烟点上俯倚对面椅背上）

琼 元澜，我是很疼娟娟的，可是老实说，她自小就有脾气。你知道，她既不是我生的，有时使我很为难……小的时候，说她有时她不听，打她太难为，尤其是她的祖母很多心，所以我也就有点惯了她。现在你回来了……

（唐忽起立，将烟在火炉边打下烟灰，要说话又停下。）

琼　（犹疑地）你们的事快了吧？

唐　（抬头很为难地说）我觉得我们这事……

琼　我希望你劝劝娟娟，想个什么法子弄得她对生活感觉满足……我知道她近来有点脾气，不过她很佩服你，你的话她很肯听的，你得知道她自己总觉得没有嬷有点委屈。

唐　我真不知道怎样对表姑说才好，我也不知道应该不应该这样说。我——我觉得这事真有点叫人难为。当初那种办法我本人就没有赞成，都是刘姨嬷一个人弄的。后来我在外国写许多信，告诉他们同表姑说，从前办法太滑稽，不能正式算什么，更不能因此束缚住娟娟的婚姻。我根本不知道，原来刘姨嬷就一字没有提过，反倒使亲亲戚戚都以为我们已经正式订了婚。

琼　我全明白你的意思，当时我也疑心是你刘姨嬷弄的事。你也得知道我所处地位难，你是我的表侄，娟娟却又不是我亲生的，娟娟的伯父又守旧，在他眼里连你在外国的期间的长短好像我都应该干涉，更不要说其他！

当时我就是知道你们没有正式订婚，我也不能说。

唐 所以现在真是为难！我老实说我根本对娟娟没有求婚的意思。如果当时，我常来这里，那是因为……（改过语气）表姑也知道那本不应该就认为有什么特殊的意义。我们是表兄妹，当时我就请娟娟一块出去玩几趟又能算什么？

琼 都是你那刘姨嬷慌慌张张地跑去同娟娟的伯嬷讲了一堆，我当时也就觉得那样不妥当——这种事当然不能勉强的。不过我也要告诉你，我觉得娟娟很见得你好，这次你回来，我知道她很开心，你们再在一起玩玩熟了，也许就更知道对方的好处。

唐 （急）表姑不知道，这事当初就是我太不注意了，让刘姨嬷弄出那么一个误会的局面，现在我不能不早点表白我的态度，不然我更对娟娟不起了。

琼 （一惊）你对娟娟已说过了什么话么？

唐 还没有！我觉着困难，所以始终还没有打开窗子说亮话。为了这个事，我真很着急，我希望二弟快回来，也就是为着这个缘故。我老实说，我是来找梅真的，我喜欢梅真……

琼 梅真？你说你……

琪 （推门入）妈妈，我把梅真找了回来，现在仲维要请我同梅真看电影去，我们也不回来吃饭了！（向唐）元哥，我不同你们一块看电影了！你们提另去吧，劳驾你告诉大姊一声。

（琪匆匆下。唐失望地怔着。）

琼 （看文琪微笑）这年龄时期最快活不过，我喜欢孩子们天真烂漫，混沌一点……

娟 （进房间里来）妈妈在这儿说话呀？老四呢？仲维呢？

琼 （温和的）他们疯疯癫癫跑出去玩去了。

娟 爱珠也走了，现在老三回来了没有？

琼 老三今早说今天有会，到晚上才能回来的。

娟 （向唐半嘲的口吻）那么只剩下我们俩了，你还看不看电影？

琼 （焦虑地望着唐希望他肯去）今天电影还不错呢，你们去吧。

唐 表姑也去看么？我，我倒……

琼 我有点头痛不去了，（着重地）你们去吧，别管我，我还有许多事呢，（急起到门边）元澜，回头还回来这里吃晚饭吧。

（琼下。）

（文娟直立房中间睨唐，唐、娟无可奈何地对望着。）

娟 怎样？

唐 怎样？

［幕下］

第二幕

出台人物（按出台先后）：

电灯工匠——老孙

宋雄 —— 电料行掌柜（二十七八壮年人）

梅真

李大太太 ——李琼夫嫂

李文琪

黄仲维

荣升

唐元澜

三小姐 ——李文霞

李文娟

地点：三小姐四小姐共用的书房

时间：过了两天以后

同一个书房过了两天的早上。家具一切全移动了一些位置，秩序显然纷乱，所谓未来派的吃烟室尚在创造中，天下混沌，玄黄未定。地上有各种东西，墙边放着小木梯架。小圆桌子推在台的一边，微微偏左，上面放着几副铜烛台，一些未插的红蜡。一个很大的纸屏风上面画了一些颜色鲜浓，而题材不甚明了的新派画；沙发上堆着各种靠背，前面提另放着一张画，也是怪诞叫人注目的作品。

幕开时，电灯工匠由梯子上下来，手里拿着电线，身上佩着装机械器具的口袋。宋雄背着手立着看电灯。

宋雄是由机器匠而升做年轻掌柜的人物，读过点书，吃过许多苦，因为机会同自己会利用这机会的麻利处，卒成功地支持着一个小小专卖电料零件的铺子。他的体格大方，眉目整齐，虽然在装扮上显然俗些。头梳得油光，身上短装用的是黑色绸料，上身夹袄胸上挖出小口袋，金表链由口袋上口牵到胸前扣襻上。椅上放着黑呢旧外衣，一条花围巾，一副皮手套。

宋 饭厅里还要安一些灯，加两个插销。电线不够了吧？

工匠 （看电线）剩不多了！要么，我再回柜上拿一趟去！

宋 不用，不用，我给柜上打个电话，叫小徒弟送来。你先去饭厅安那些灯口子。

工匠 劳驾您告诉老张再给送把小改锥来，（把手里改锥一晃）这把真不得使。（要走又回头）我说掌柜的，今日我们还有两处的“活”答应人家要去的，这儿这事挺麻烦的，早上要完不了怎么办？（缠上剩下的电线）

宋 （挥手）你赶着做，中饭以前非完不可。我答应好这儿的二太太，不耽误他们开饭。别处有活没有活，我也不能管了！

工匠 掌柜的，您真是死心眼，这点活今日就自己来这一早上！

宋 老孙，我别处可以不死心眼，这李家的事，我可不能不死心眼！好！我打十四岁就跟这儿李家二爷在电灯厂里做事，没有二爷，好！说不定我还在那倒霉地方磨着！二爷是个工程师，他把我找去到他那小试验所里去学习，好，那二爷脾气模样就有像这儿的三小姐，他可真是好人，今日太太还跟我提起，我们就说笑，我说，要是三小姐穿上二爷衣服，不仔细看，谁也以为是二爷。

工匠 那位高个子的小姐么？好，那小姐可有脾气呀，今日就这一早上，我可就碰着一大堆钉子了。

宋 （笑）你说的管莫是大小姐！好，她可有脾气！（低声）她不是这位二太太生的。（急回头看）得了，去你的吧，快做活，我可答应下中饭以前完事，你给我尽着做，我给你去打电话。

（工匠下。）

（宋拿起外衣围巾要走，忽见耳机。又放下衣服走到书桌边，拿起耳机，插入插销试电话。）

宋 （频回头看看有没有人）喂，东局五〇二七，喂，你老张呀？我是掌柜的，我在李宅。喂，我说呀，老孙叫你再叫小徒弟骑车送点电线来，再带一把好的改锥来，说是呢！他说他那一把不得使，……谁知道？……老孙就那脾气！我说呀，你给送一把来得了，什么？

哪家又来催？你就说今日柜上没有人，抓不着工夫，那有什么法子！好吧，再见啦。（望着门）

（梅真捧铜蜡台入，放小圆桌上，望宋，宋急拔耳机走近梅。）

宋　（笑声）梅姊您这两日忙得可以的？（注视梅不动）

梅　倒挺热闹的，（由地下拿起擦铜油破布擦烛台，频以口呵气）怎么了，小宋你们还不赶着点，尽摆着下去，就要开饭了，饭厅里怎么办？说不定我可要挨说了！（看宋）

宋　（急）我可不能叫你挨说，我已经催着老孙赶着做，那老孙又偏嫌他那改锥不得使，我又打了电话到柜上要去，还要了电线，叫人骑车送来，这不都是赶着做么？

梅　只要中饭以前饭厅里能完事，我就不管了。你还不快去，瞧着点你那老孙？别因为他的改锥不得使，回头叫人家都听话。你可答应太太中饭以前准完事的！

宋　梅姊，你……你可……你可记得我上次提过的那话？

梅　（惊讶地）什么话？噢，那个，得了，小宋，人家这儿忙得这样子，你还说这些！

宋　你……你答应我到年底再说不是？……

梅　一年还没有过完呢！我告诉你吧，小宋，我这个人没有什么用处，又尽是些脾气，干脆最好你别再来找我，别让我耽搁你的事情，……

宋　我，我就等着你回话……你一答应了，我就跟李太太说去。

梅　我就没有回话给你。

宋　梅……梅姊，你别这样子，我这两年辛辛苦苦弄出这么一个小电料行不容易，你得知道，我心里就盼着哪一天你肯跟我一块过日子，我不能委屈你。

梅　得了，你别说了。

宋　我当时也知道你在这里同小姐似的讲究，读的书还比我多，说不定你瞧不上我，可是现在，我也是个掌柜的，管他大或小，铺子是我自己办的，七八个伙计，（露出骄傲颜色）再怎样，也用不着你动手再做粗的，我也能让你享点福，贴贴实实过好日子，除非你愿意帮着柜上管管账簿，开开清单。

梅　（怜悯地）不是我不知道你能干。三年的工夫你弄出那么一个铺子来，实在不容易！……

宋　（得意地，忸怩地）现在你知道了你可要来，我准不能叫你怎样，……我不能丢你的脸。

梅　（急）小宋，你可别这样说，出嫁不是要体面的事，你说得这贫劲儿的！我告诉你什么事都要心愿意才行，你就别再同我提这些事才好，我这个人于你不合适，回头耽搁了你的事。

宋　我……我……我真心要你答应我。

梅　（苦笑）我知道你真心，可是单是你真心不行，我告诉你，我答应不出来！

宋　你，你管莫嫌我穷！我知道我的电料行还够不上你正眼瞧的……

梅　（生气）我告诉你别说得这么贫！谁这么势利？我好意同你说，这种事得打心里愿意才行。我心里没有意思，我怎样答应你？

宋　你……你，你不是不愿意吧？（把头弄得低低的，担心地迸出这句疑问，又怕梅真回答他）

梅　（怜悯地）……不……不是不愿意，是没有这意思，根本没有这意思！我这个人就这脾气，我，我这个人不好，所以你就别找我最好，至少今天快别提这个了，我们这儿都忙，回头耽误了小姐们的事不好。

宋　（低头弄上围巾，至此叹口气围在项上，披着青呢旧大衣由旁门出）好吧，我今日不再麻烦你了，可是年过完了，你可还得给我一个回话。

（宋下。）

梅　（看宋走出，自语）这家伙！这死心眼真要命，用在我身上可真是冤透了，（呵铜器，仍继续擦）看他讨厌又有点可怜！（叹息）那心用在我身上，真冤！我是命里注定该吃苦，上吊，跳河的！怎么做电料行的掌

柜娘，（发憨笑）电料行的掌柜娘！（忽伏在桌上哭）

（门开处大太太咳嗽着走入。她是个矮个子，五十来岁瘦小妇人，眼睛小小的到处张望，样子既不庄严，说话也总像背地里偷说的口气。）

梅 （惊讶地抬头去后望，急急立起来）大太太是您，来看热闹？这屋子还没有收拾完呢。

大太 （望屏风）这是什么东西——这怪里怪气的？

梅 就是屏风。

大太 什么屏风这怪样子？

梅 （笑笑）我也不知道。

大太 我看二太太真惯孩子，一个二个大了都这么疯！二老爷又不在世了，谁能说他们！今天晚上请多少客，到底？

梅 我也不知道，反正都是几位小姐的同学。

大太 （好奇地）在大客厅里跳舞吗？

梅 （又好笑又不耐烦）对了！

大太 吃饭在哪儿呢？

梅 （好笑）就在大饭厅里啰！

大太 坐得下那些人吗？

梅 分三次吃，有不坐下的站着吃……

大太 什么叫做新，我真不懂这些事，（提起这个那个地看）女孩子家疯天倒地的交许多朋友，一会儿学生开会啦，请愿啦，出去让巡警打个半死半活的啦！一会儿又请朋友啦，跳舞啦，一对对男男女女这么拉着搂着跳，多么不好看呀？怪不得大老爷生气常说二太太不好好管孩子！梅真，我告诉你，我们记住自己是个丫头，别跟着她们学！赶明日好找婆婆家。

梅 （又好笑又生气地逗大太太）您放心，我不会嫁的，我就在这儿家里当一辈子老丫头！

大太 （凑近了来，鬼鬼祟祟地）你不要着急，你多过来我院里，我给你想法子。（手比着）那天陈太太，人家还来同我打听你呢。别家我不知道，陈家有钱可瞒不了我！……陈太太娘家姓丁的阔气更不用说啦！

梅 （发气，脸有点青）您告诉我陈家丁家有钱做什么？

大太 你自己想吧。傻孩子，人家陈太太说不定看上了你！

梅 （气极竭力忍耐）陈太太，她——她看上了我干吗？！

大太 （更凑近，做神秘的样子）我告诉你……

梅 （退却不愿听）大太太，您别——别告诉我什么……

大太 （更凑近）你听着，陈太太告诉过我她那兄弟丁家三爷，常提到你好，三奶奶又没有男孩子，三爷很急着……

梅 （回头向门跑）大太太，您别说这些话，我不能听……

（仲维同文琪笑着进来，同梅真撞个满怀。）

琪 （奇怪地）梅真怎么了，什么事，这样忙？

梅 我——我到饭厅去拿点东西……

（梅急下。）

琪 （仍然莫名其妙地）伯嬷，您来有事么？

大太 （为难）没有什么事，…………就找梅真……就来这里看看。

琪 （指仲维）这是黄先生，（指大太太）仲维，这是我的伯嬷。

黄 （致意）我们那一天吃饭时候见过。

大太 我倒不大认得，现在小姐们的朋友真多，来来往往的……

琪 （做鬼脸向黄，又对大太太）怪不得您认不得！（故作正经地）我的朋友，尤其是男朋友，就够二三十位！来来往往地，——今天这一个来，明天那一个来！……

黄 （亦做鬼脸，背着大太太用手指频指着琪）可是你伯嬷准认得我，因为每次你那些朋友排着队来，都是我领头，我好比是个总队长！

大太 （莫名其妙地）怎么排队来法子？我不记得谁排队来过！

黄 （同时忍住笑）您没有看见过？

琪 下回我叫他们由您窗口走过……好让大伯伯也看看热闹。

大太 （急摇手）不要吧。老四，你不知道你的大伯伯的脾气？

（黄、琪忍不住对笑。）

大太 你们笑什么？

琪 没有什么。

大太 （叹口气）我走了，你们这里东西都是奇奇怪怪的，我看不出有什么好看！今早上也不知道是谁把客厅那对湘绣风景镜框子给取下了，你嬷说是交给我收起来……我，我就收起来，赶明儿给大姊陪嫁，那本来是你奶奶的东西！

黄 （又忍住笑）那对风景两面一样，一边挂一个，真是好东西！

琪 对了，您收着给大姊摆新房吧，那西湖风景，又是月亮又是水的，太好看了，我们回头把它给糟蹋了太可惜！

（荣升入。）

荣 大太太在这屋子么？

大太 在这屋子。什么事？

荣 对门陈太太过来了，在您屋子里坐，请您过去呢。

大太 （慌张）噢，我就来，就来……

（大太太下，黄同琪放声地笑出来。）

荣 （半自语）我说是大太太许在这屋子里，问梅真，她总不答应，偏说不知道，害得我这找劲儿的！……

（荣升下。）

琪 对门陈太太，她跑来做什么？那家伙，准有什么鬼主意！

黄 许是好奇也来看你们的热闹。谁让你们请跳舞，这事太新鲜，你不能怪人家不好奇，想来看看我们都是怎样的怪法子！

琪 （疑惑地）也许吧……还许是为梅真，你听伯嬷说她来没有？嘿！……得了，不说了，我们先挂画吧。回头我一定得告诉妈去！

黄 对了，来挂吧。（取起地上画，又搬梯子把梯架两腿支开放好）文琪，我上去，你替我扶着一点，这梯子好像不大结实。（慢慢上梯子）

琪 （扶住梯子，仰脸望）你带了钉子没有？

黄 带了，（把画比在墙上）你看挂在这里行不行？

琪 你等等呀，我到那一边看看。（走过一边）行了，不不……再低一点……好了，就这样。（又跑到梯下扶着）

黄 （用锤子刚敲钉子）我钉啦！

琪 你等等！（又跑到一边望）不，不，再高一点！

黄 一会儿低，一会儿高，你可拿定了你的主意呀！

琪 你这个人什么都可以，就是这性急真叫人怕你！

黄 （钉画，笑）你怕我吗？

琪 （急）我可不怕你！

黄 （钉完画由梯上转回头）为什么呢？

琪 因为我想我知道你。

黄　（高兴地转身坐梯上）真的?

琪　（仰着脸笑）好，你还以为你自己是那么难懂的人呀?

（仲维默望底下愣愣地注视琪，不说话，只吹口哨。）

琪　（用手轻摇梯身）你这是干吗呀?

黄　别摇，别摇，等我告诉你。

琪　快说，不然就快下来！

黄　自从有了所谓新派画，或是立体派画，他们最重要的贡献是什么?

琪　我可不知道！（咕噜着）我又不学历史，又不会画画！

黄　得了别说了，我告诉你，立体画最重要的贡献，大概是发现了新角度！这新角度的透视真把我们本来四方八正的世界——也可以说是宇宙——推广了变大了好几倍。

琪　你讲些什么呀?

黄　（笑）我在讲角度的透视。它把我们日常的世界推广了好几倍！你知道的，现代的画——乃至于现代的照相——都是由这新角度出！一个东西，不止可以从一面正正地看它，你也可以从上，从下，斜着，躺着或是倒着，看它！

琪　你到底要说什么呀?

黄　我就说这个！新角度的透视。为了这新角度，我们的世界，乃至于宇宙，忽然扩大了，变成许多世界，许多宇宙。

琪 许多宇宙这话似乎有点不通！

黄 此刻我的宇宙外就多了一个宇宙，我的世界外又多出一个世界，我认识的你以外又多了一个你！

琪 （恍然悟了黄在说她）得了，快别胡说一气的了！

黄 我的意思是：我认识的你以外，我又多认识了一个你——一个从梯子上往下看到的，从梯子下往上望着的李文琪！

琪 （不好意思）你别神经病地瞎扯吧！

黄 （望琪）我顶正经地说话，你怎么不信！

琪 我信了就怎样？（顽皮地）你知道这宇宙以外，根本经不起再多出一个，从梯子上往下看到的，从梯子下往上望的李文琪所看到的，坐在梯子顶上说疯话的黄仲维！（仰脸大笑）

黄 你看，你看，我真希望你自己此刻能从这儿看看你自己，（兴奋）哪一天我要这样替你画一张相！

琪 你画好了么？闹什么劲儿？下来吧。

黄 说起来容易。我眼高手低，就没有这个本领画这样一张的你！要有这个本领，我早不是这么一个空想空说的小疯子了！

琪 你就该是个大疯子了么？

黄 可不？对宇宙，对我自己的那许多世界，我便是真能负得起一点责任的大疯子了！

琪 快下来吧，黄大疯子，不然，我不管替你扶住梯子了！

黄 （转身预备下来，却轻轻地说）文琪，如果我咬定了你这句话的象征意义，你怎样说？（下到地上望琪）

琪 什么象征意义？

黄 （拉住文琪两手，对面望住她）不管我是大疯子小疯子，在梯子顶上幻想着创造什么世界，你都替我扶住梯子，别让我摔下去，行不行？

琪 （好脾气地，同时又讽刺地）什么时候你变成一个诗人？

黄 （放下双手丧气地坐在梯子最下一级上）你别取笑我，好不好？……你是个聪明人，世界上最残忍的事就是一个聪明人笑笨人！（抬头向文琪苦笑）有时候，你弄得我真觉到自己一点出息都没有！（由口袋里掏出烟，垂头叹气）

琪 （感动，不过意地凑近黄，半跪在梯边向黄柔声问）仲维，你，你看我像不像一个刻薄人？

黄 （迷惑地抓头）你？你，一个刻薄人？文琪，你怎么问这个？你别这样为难我了，小姐！你知道我不会……不会说话……简直的不会说！

琪 （起立）不会说话，就别说了，不好么？

黄 （亦起立抓过文琪肩膀摇着她）你这个人！真气死我！

你你……你不知道我要告诉你什么？

琪 （逗黄又有点害怕）我，我不知道！（摆脱黄抓住她的手）

黄 （追琪）你……你把你耳朵拿过来，我非要告诉你不可——今天！

琪 （顽皮地歪着把耳朵稍凑近）哪……我可有点聋！

黄 （抓住琪的脸，向她耳边大声地）我爱你，知道吗，文琪？你知道我不会说话……

琪 （努着嘴红着脸说不出话半天）那——那就怎么样呢？（两手掩面笑，要跑）

黄 （捉住琪要放下她两手）怎样？看我……琪看我，我问你，……别这样别扭吧！（从后面揽住文琪）我问你老四，你……你呢？

琪 （放下手转脸望黄，摇了一下头发微笑）我——我只有一点儿糊涂！

黄 （高兴地）老四！我真……真……噢，（把琪的脸藏在自己的胸前感伤地吻文琪发）你，你弄得我不止有一点儿糊涂了怎么好？小四！

琪 （伏在黄胸前憨笑）仲维，我有一点想哭。（抽噎着又像是笑声）

（门开处唐元澜忽然闯入房里。）

唐 今日这儿怎么了？！（忽见黄、琪两人，一惊）对不起，太高兴了忘了打门！

（仲维、文琪同时转身望唐，难为情地相对一笑。）

琪 （摇一摇头发顽皮倔强地）打不打门有什么关系？那么洋派干吗？

唐 （逗文琪）我才不知道刚才谁那么洋派来着？好在是我，不是你的大伯伯！

琪 （憨笑）元哥，你越变越坏了！（看黄微笑）

唐 可不是？（忽然正经地）顶坏的还在后边，你们等着看吧！文琪，你二哥什么时候到？

黄 （看表）十一点一刻。

唐 为什么又改晚了一趟车？

琪 我也纳闷呢，从前，他一放假总急着回家来，这半年他怎么变了，老像推延着，故意要晚点回来似的。

唐 （看墙上画同屏风）仲维，这些什么时候画的？

黄 画的？简直是瞎涂的，昨天我弄到半晚上才睡！

唐 那是甜的苦工，越做越不累，是不是？

（梅真入，仍恢复平时活泼。）

梅 （望望画，望黄同琪）你们就挂了这么一张画？

琪 可不？还挂几张？

黄 挂上一张就很不错了！

唐 你不知道，梅真，你不知道一张画好不容易挂呢！（望琪）

梅 （看看各人）唐先生，您来得真早！您不是说早来帮忙么？

唐 谁能有黄先生那么勤快，半夜里起来做苦工！

黄 老唐，今日起你小心我！

梅 （望两人，不懂）得了，你们别吵了，唐先生，现在该轮到您赶点活了，（手里举着一堆小白片子）您看，这堆片子本来是请您给写一写的。（放小桌上）

唐 （到小桌边看）这些不都写好了么？

梅 可不？（淘气地）要都等着人，这些事什么时候才完呀？四小姐，你看看这一屋子这么好？

（三小姐文霞跑进来，文霞穿蓝布夹袍，素净像母亲，但健硕，比母亲高。她虽是巾帼而有须眉气概的人，天真稚气却亦不减于文琪。爱美的心，倔强的志趣，高远的理想，都像要由眉宇间涌溢出来。她自认爱人类，愿意为人类服务牺牲者，其实她就是一个富于热情又富于理想的好孩子。自己把前面天线展得很长很远，一时事实上她却仍然是学校、家庭中的小孩子。）

霞 （兴奋地）饭厅里谁插的花？简直是妙！

（大家全看着彼此。）

（梅真不好意思地转去收拾屋子。）

琪 一定是梅真！（向梅努嘴）

霞 我以为或者是妈妈——那个瓶子谁想到拿来插梅花！

琪　那黑胆瓶呀？可不是梅真做的事。（向梅）梅真，你听听我们这热心的三小姐！怎么？梅真“烧盘儿”啦？

黄　梅真今天很像一个导演家！

霞　嘿，梅真，你的组织能力很行呀，明日你可以到我们那剧团里帮忙！

梅　得了，得了，你们尽说笑话！什么导演家啦，组织能力啦，组织了半天导演了半天，一早上我还弄不动一个明星做点正经事！

黄　好，我画了一晚上不算？今日早上还挂了一张名画呢？

梅　对了，这二位明星（指黄同琪）挂一张画的工夫，差点没有占掉整一幕戏的时候！（又指唐）那里那一位，好，到戏都快闭幕了才到场！

（大家哄然笑。）

唐　你这骂人的劲儿倒真有点像大导演家的口气，我真该到上海电影公司里去……

梅　导演四小姐的恋爱小说，三小姐的宣传人道的杰作……

霞　梅真，你再顽皮，我晚上不帮你的忙了，你问什么社会经济问题以后我都不同你说了，省得你挖苦我宣传人道！

（宋雄入，手里提许多五彩小灯笼。）

宋 四小姐，饭厅灯安好一排，您来看看！

琪 安好了吗？真快，我来看……

（琪下。）

黄 我也去看看……

（黄随琪下。）

霞 宋雄！你来了，你那铺子怎样啦？

宋 三小姐，好久没有见着您，听说您总忙！您不是答应到我那铺子里去参观吗？您还要看学徒的吃什么，睡在哪儿，我待他们好不好，您怎么老不来呀？

霞 （笑）我过两天准来，你错待了学徒，我就不答应你！

宋 好，三小姐，这一城里成千成万的大资本家，您别单挑我这小穷掌柜的来做榜样！告诉您，我待人可真不错，刚才那小伙计送电线来，您不出去瞧瞧，吃得白胖白胖的。

唐 （微笑插嘴）小电灯匠吃得白胖白胖的可不行！小心上了梯子掉下来！

宋 （好脾气地大笑，望着梅立刻敛下笑容，很庄严地）三小姐哪天到我行里玩玩？买盏桌灯使？

霞 好，我过两天同梅真一块来。

宋 （高兴向梅）梅姊，对了，你也来串串门。（急转身望梯子）这梯子要不用了，我给拿下去吧。

梅 （温和地）好吧，劳驾你了。（急转脸收拾屋子）

（宋拿梯子下。）

唐　我也去看看饭厅的梅花去！

梅　得了，唐先生，您不是来帮忙吗？敢是来看热闹的！

唐　（微笑，高兴地）也得有事给我做呀？！

梅　好，这一屋子的事，还不够您做的？

霞　我也该来帮点忙了。

梅　三小姐，这堆片子交给您，由您分配去，吃饭分三组，您看谁同谁在一起好。就是一件……（附霞耳细语）

霞　这坏丫头！（笑起来，高兴地向门走）

（文霞下。）

（梅真独自收拾屋子不语。）

（唐元澜望梅，倚书架亦不语。）

梅　怎么了，唐先生？

唐　没有怎么了，我在想。

梅　什么时候了，还在想！

唐　我在想我该怎么办！

梅　什么事该怎么办？

唐　所有的事！……好比……你……

梅　（惊异地立住）我？

唐　你！你梅真，你不是寻常的女孩子，你该好好自己想想。

梅　我，我自己想想？……那当然，可是为什么你着急，唐先生？

唐 （苦笑）我不着急，谁着急？

梅 这可奇怪了！

唐 奇怪，是不是？世界上事情都那么奇怪！

梅 唐先生，我真不懂你这叫做干吗！

唐 别生气，梅真，让我告诉你，我早晚总得告诉你，你先得知道我有时很糊涂，糊涂极了！

梅 等一等，唐先生，您别同我说这些话！有什么事您不会告诉大小姐去？

唐 梅真！大小姐同我有什么关系？除掉那滑稽的误会的订婚！你真不知道，我不是来找那大小姐的，我是来这儿解释那订婚的误会的，同时我也是来找她二弟帮我忙，替你想一想法子离开这儿的。

梅 找二爷帮你的忙，替我想法子离开这儿？我愈来愈不明白你的话了！

唐 我知道我这话唐突，我做的事糊涂，我早该说出来，我早该告诉你……（稍停）

梅 我不懂你早该告诉我什么？

唐 我早该告诉你，我不止爱你，我实在是佩服你，敬重你，关心你。当时我常来这儿找她们姊妹们玩，其实也就是对你……对你好奇，来看看你，认识你！一直到现在我还是一样的对你好奇，尽想来看你，认识你——平常的说法也许就是爱恋你，倾倒你。

梅 来看我？对我好奇？（眼睛睁得很大，向后退却）对我……

唐 你！来看你！对你好奇，我才糊糊涂涂地常来！谁知道倒弄出一个大误会！大家总以为我来找文娟，我一出洋，我那可恶的刘姨嬷就多管闲事，做主说要我同文娟订婚！这玩笑可开得狠了！弄得我这狼狈不堪的！这次回来，事情也还不好办，因为这儿的太太是大小姐的后妈，却是我的亲姑姑，我不愿意给她为难，现在就盼着二少爷回来帮帮我的忙，同文娟说穿了，然后再叫我上地狱过刀山，挨点骂倒不要紧，要紧的是你……

梅 （急得跺脚两手抱住额部，来回转）别说了，别说了，我整个听糊涂了！……你这个叫做怎么回事呀？（坐一张矮凳上，不知所措）

唐 （冷静地）说得是呢？怎么回事？！（叹息）这次我回来才知道大小姐同你那样做对头，我真是糊涂，我对不起你。（走近梅真）梅真，现在我把话全实说了，你能原谅我，同情我！你……（声音轻柔地）这么聪明，你……你不会不……

梅 （急打断唐的话）我，我同情你，但是你可要原谅我！

唐 为什么？

梅 因为我——我只是没有出息的丫头，值不得你，你的……爱……你的好奇！

唐 别那样子说，你弄得我感到惭愧！现在我只等着二少爷回来把那误会的婚约弄清。你答应我，让我先帮助你离开这儿，你要不信我，你尽可让我做个朋友……我们等着二少爷……

梅 （哭着拿手绢蒙脸）你别，你别说了，唐先生！你千万别跟二少爷提到我！好，我的事没有人能帮助我的！你别同二少爷说。

唐 为什么？为什么别跟二少爷提到你？（疑心想想，又柔声地问）你不知道他是一个很能了解人情的细心人？他们家里的事有他就有了办法吗？

梅 （擦眼泪频摇头）我不知道，你别问我！你就别跟二少爷提到我就行了！你要同大小姐退婚，自己快去办好了！（起立要走）那事我很同情你的，不信问四小姐。（又哭，拭眼泪）

唐 梅真，别走！你上哪儿去？我不能让你这样为难！我的话来得唐突，我知道！可是现在我的话都已经实说出来了，你，你至少也得同我说真话才行！（倔强地）我能不能问你，为什么你叫我别对二少爷提到你？为什么？

梅 （窘极摇头）不为什么！不为……

唐 梅真，我求你告诉我真话。（沉着严重地）你得知道，我不是个浪漫轻浮的青年人，我已经不甚年轻，今天我告诉你，我爱你，我就是爱你，无论你爱不爱我！现在我只要求你告诉我真话。（头低下去，逐渐了解自己还有自己不曾料到的苦痛）你不用怕，你尽管告诉我，我至少还是你的朋友，盼望你幸福的人。

梅 （始终低头呆立着咬手绢边，至此抿紧了口唇，翻上含泪的眼向唐）我感激你，真的我，我感激你……

唐 （体贴的口气）为什么你不愿意我同文靖提到你？

梅 因为他——他——（呜咽地哭起来）我从小就在这里，我……我爱……我不能告诉你……

唐 （安静地拍梅肩安慰地）他知道么？

梅 我就是不知道他知道不知道呀！（又哭）他总像躲着我。……这躲着我的缘故，我也不明白……又好像是因为喜欢我，又好像是怕我——我——我真苦极了……

（又蒙脸哭）

唐 梅真！你先别哭，回头谁进来了……（四面张望着拉过梅真到一边）好孩子，别哭，恋爱的事太惨了，是不是？（叹口气）不要紧，咱们两人今天是同行了。（自己低头，掏出手绢擤鼻子，又拿出烟点上，嘴里轻轻说）我听见窗子外面有人过去，快把眼睛擦了！

（窗外许多人过去，仲维、文琪同文霞的声音都有。）

窗外荣 二少爷的火车是十一点一刻到。

窗外黄 雇几辆洋车？都谁去车站接二哥？

窗外霞 还有我。

窗外琪 我也去接二哥！

窗外黄 快，现在都快十点半了！

（唐静静地抽着烟，梅真低头插瓶花，整理书架。）

窗外 二少爷火车十一点一刻到，是不是？

又 还有三刻钟了，还不快点？

（梅又伏桌上哭，唐不过意地轻拍梅肩，门忽轻轻推开，大小姐文娟进来，由背后望着他们。窗外仍有嘈杂声。）

窗外 接二哥去……快吧……

[幕下]

第三幕

出台人物（按出台先后）：

文娟

李二太太　李琼

张爱珠

文琪

荣升

二少爷文靖　　初由大学校毕业已在南方工厂供职一年的少年

文霞

梅真

地点： 三小姐四小姐共用的书房

时间： 与第二幕同日，下午四点钟后

同一个房间，早上纷乱的情形又归恬静。屋子已被梅真同文琪收拾成所谓未来派的吃烟室。墙上挂着新派画，旁边有一个比较怪诞的新画屏风。矮凳同靠垫同其他沙发，椅子分成几组，每组有他中心的小茶几，高的，矮的，有红木的，有雕漆的，圆的同方的。家具显然由家中别处搬来，茶几上最主要的摆设是小盏纱灯同烟碟。书架上窗子前均有一种小小点缀。最醒目的是并排的红蜡烛。近来女孩子们对于宴会显然受西洋美术的

影响，花费她们的心思在这种地方。

（幕开时天还没有黑，阳光已经有限，屋中似乎已带点模糊。大小姐文娟在一张小几前反复看一封短短的信。）

娟 （自语）这真叫人生气！今早的事，我还没有提出，他反如此给我为难！这真怪了，说得好好的他来，现在临时又说不能早来！这简直是欺侮我！（皱眉苦思）今晚他还要找我说话，不知要说什么？……难道要同我提起梅真？（不耐烦地起立去打电话）喂，东局五三四〇，哪儿？喂，唐先生在家么？我李宅，李小姐请他说话……（伸头到处看有没有人）……喂，元澜呀？我是娟，对了……你的信收到了，我不懂！干吗今晚不早来跳舞？为什么你愈早来，愈会妨碍我的愉快？怎么这算是为我打算！什么？晚上再说？这样你不是有点闹别扭，多存心给人不高兴？……人……人家好意请你……你自己知道对不起人，那就不要这样，不好么？你没有法子？为什么没有法子？晚上还是不早来呀？那……那随你。（生气地将电话挂上，伏在桌上哭，又擦擦眼泪欲起又怔着）

[妈妈（李琼）走进屋子，望见文娟哭惊讶地退却，又换个主意仍然进来。]

琼 （装作未见娟哭）这屋子安排得倒挺有意思！

（娟低头拭泪不答。）

琼　（仍装作未见）到底是你们年轻人会弄……

（娟仍不语。）

琼　娟娟，这趟二弟回来你看是不是比去年头显着胖一点？（望见娟不语）我真想不到他在工厂里生活那么苦，倒吃胖了，这倒给我这做父母的一个好教训。我自己寻常很以为我没有娇养过孩子，就现在看来我还应该让你们孩子苦点才好！（偷看文娟，见她没有动静）你看，你们这宴会，虽然够不上说奢侈，也就算是头等幸福。这年头挨饿的不算，多数又多数的人是吃不得饱的，这个有时使我很感到你们的幸福倒有点像是罪过！（见到娟总不答应，决然走到她背后拍着她）娟娟，怎么了？热闹的时候又干吗生气？

娟　（哽声愤愤地）谁……谁愿意生气？！

琼　娟，妈看年轻的时光里不值得拿去生气的！昨晚上，我听你睡得挺晚，今晚你们一定会玩到更晚，小心明天又闹头痛！

（娟索性哭起来。）

琼　别哭，别哭，回头眼睛哭红了不好看，到底什么事，能告诉我吗？

娟　（气愤地抬头）元澜今晚要丢我的面子！他，他说他不能早来，要等很晚才到，吃饭的时候人家一定会奇怪的，并且妈不是答应仲维同老四今晚上宣布他们的婚约吗？

琼 元澜早来晚来又有什么关系？

娟 怎么没有关系？！并且，我告诉妈吧，梅真太可恶了！

琼 （一惊）梅真怎么了？

娟 怎么了？！妈想吧！一直从元澜回来后，她总是那么妖精似的在客人面前讨好，今早上我进这屋子正看见她对元澜不知哭什么！元澜竟然亲热地拿手搭在她背上，低声细语地在那儿安慰她！我早就告诉妈，梅真要不得！

琼 （稍稍思索一下）在你们新派人的举动里，这个也算不得什么了不得的事！这也不能单怪梅真。（用劝告的口气）我看娟娟，你若是很生气元澜，你们那婚约尽可以“吹”了，别尽着同元澜生气下去，好又不好，吹又不吹地僵着！婚姻的事不能勉强的，你得有个决心才好。

娟 他，他逼了人，我怎么不生气！

琼 他要真不好，你生他的气，又有什么用？还不如大家客客气气地把话说开了，解除了这几年口头上的婚约，大家自由。

娟 这可便宜了他！

琼 这叫什么话，娟？你这样看法好像拿婚姻来同人赌气，也不顾自己的幸福！这是何苦来？你要不喜欢他，或是你觉得他对不起你，那你们只好把从前那事吹了，你应该为自己幸福打算。

娟 这样他可要得意了！他自己素来不够诚意，“遛”够了人家，现在我要提出吹了婚约的话，他便可以推在我身上说是我遛了他！

琼 什么是谁“遛”了谁！如果合不来，事情应该早点解决，我看，婚姻的事很重大，不是可以随便来闹意气的。你想想看，早点决定同我说。你知道，我多担心你这事！

娟 那么，梅真怎么样？她这样可恶，您也不管吗？

琼 梅真的事我得另外问问她，我还不知道她到底做了些什么不应该的事。

娟 我不是告诉您了么，她对元澜讨好，今早我亲眼看到他们两人在这屋子里要好得了不得的样子……

琼 这事我看来还是你自己决定，如果你不满元澜对你的态度，你就早点同他说，以后你们的关系只算是朋友，从前的不必提起，其他的事根本就不要去管他了。

娟 您尽在我同元澜的关系一点上说，梅真这样可恶荒唐，您就不提！

琼 老实说，娟，这怎样又好算梅真的荒唐可恶呢？这事本该是元澜负点责！现在男女的事情都是自己自由的，我们又怎样好去禁止谁同谁“讨好”？

娟 好，我现在连个丫头都不如了！随便让她给侮辱了，我只好吞声下气地去同朋友解除婚约！我反正只怪自己没有嬷，命不好……

琼 娟，你不能对我这样说话！（起立）我自认待你一百分的真心。你自小就为着你的奶奶总不听我的话，同我种种为难，我对你总是很耐烦的。今天你这么大了，自己该有个是非的判别力！据我的观察，你始终就不很喜欢元澜的，我真不懂你为什么不明白地表示出来？偏这样老生气干吗？

娟 谁说过我不喜欢元澜？

琼 我说据我的观察。我也知道你很晓得他学问好，人品好，不过婚姻不靠着这种客观的条件。在性情上你们总那么格格不入，这回元澜由国外回来，你们两人兴趣越隔越远……

娟 反正订婚的事又不是我的主张！本来是他们家提的不是；现在他又变心了，叫我就这样便宜了他，我可没有那么好人！

琼 娟，这是何苦来呢？

娟 我不知道！（生气地起立）我就知道，我要想得出一个法子，我一定要收拾收拾梅真，才出得了我这口气。我恨透了梅真！当时我就疑心元澜有点迷恋她。

琼 你早知道了，为什么你答应同元澜订婚？

娟 就是因为我不能让梅真破坏我同元澜的事！

琼 娟，你这事真叫我着急，你这样的脾气只有给自己苦恼，你不该事事都这样赌气似的来！

娟 事事都迫着我赌气么！这梅真简直能把我气死，一天到晚老像反抗着我。明明是丫头而偏不服！本来她做丫头又不是我给卖掉的，也不是我给买来的，她对我总是那么一股子恨。

琼 她这点子恨也许有一点，可是你能怪得她么？记得当时奶奶在时你怎样地压迫她，怎样地使她的念书问题变得格外复杂？当时她岁数还小，没有怎样气，现时她常常愤慨她的身世，怀恨她的境遇感到不平……不过她那一点恨也不尽是恨你。

娟 我又怎样地压迫她？她念书不念书怎么又是我负责？

琼 当然我是最应该负责的人，不过当时她是你奶奶主张买来的，又交给我管，一开头我就知道不好办，过去的事本来不必去提它，不过你既然问我，我也索性同你说开，当时我主张送她到学堂念书，就是准备收她做干女儿，省得委屈她以后的日子。我想她那么聪明，书总会念得好。谁知就为着她这聪明，同你一块儿上学，功课常比你的好，你就老同她闹，说她同你一块上学，叫你不好看。弄到你奶奶同我大生气，说我做后嬷的故意如此，叫你不好过。这样以后我才把她同你姊妹们分开，处处看待她同看待你们有个不同，以示区别……

娟 奶奶当时也是好意，她是旧头脑，她不过意人家笑话我同丫头一起上学……那时二弟上的是另外一个学堂，三妹、四妹都没有上学，就是我一人同梅真。

琼 就为着这一点，我顺从了你奶奶的意思，从此把梅真却给委屈了！到了后来我不是把梅真同三妹、四妹也同送一个学堂，可是事事都成了习惯，她的事情地位一天比一天不好办，现在更是愈来愈难为情了！老实说，我在李家做了十来年的旧式儿媳妇，事事都顺从着大人的主意，我什么都不懊悔，就是梅真这桩事，我没有坚持我的主张误了她的事，现在我总感到有点罪过……

娟 我不懂您说的什么事一天比一天的不好办，愈来愈难为情？

琼 你自己想想看！梅真不是个寻常的女孩子，又受了相当高的教育，现在落个丫头的名义，她以后怎么办？当时在小学校时所受的小小刺激不算，后来进中学，她有过朋友不能请人家到家里来，你们的朋友她得照例规规矩矩地拿茶，拿点心，称先生，称小姐——那回还来过她同过学的庄云什么，你记得么？她就不感到不公平，我们心里多感到难为情？……现在她也这么大了，风气同往前更不同了，她再念点新思想的书……

你想……

娟 那是三妹在那儿宣传她的那些社会主义！

琼 我也用不着老三那套社会主义，我们才明白梅真在我们这里有许多委屈不便的地方！就拿今天晚上的请客来说吧，到时候她是不是可以出来同你们玩玩？……

娟 对了，（生气地）今天晚上怎么样？四妹说妈让梅真出来做客——是不是也让她跳舞？……要是这样，我干脆不用出来了……这明明是同我为难！

琼 （叹口气）一早上我就为着这桩事七上八下的，想同你商量，我怕的就是你不愿意，老三，老四都说应该请梅真。

娟 那您又何必同我商量？您才不用管我愿意不愿意呢！

琼 娟，我很气你这样子说话！你知道，我就是常常太顾虑了你愿意不愿意，才会把梅真给委屈了，今晚上的宴会，梅真为你们姊妹忙了好多天，你好意思不叫她出来玩玩？她也该出来同你们的朋友玩玩了。

娟 这还用您操心，（冷冷地）分别不过在暗同明的就是了。今早上她不是同元澜鬼混了一阵子么？（哭）反正，我就怪我没有嬷……

琼 娟，你只有这么一个病态心理吗？为什么你不理智一点，客观一点，公平一点看事！……我告诉你，我要请梅真出来做客是一桩事，你同元澜合得来合不来又是一桩事，你别合在一起闹。并且为着保护你的尊严，你既不满意元澜，你该早点同他说穿了，除掉婚约。别尽着同他别扭，让他先……先开口……我做妈的话也只能说到这里了。

（娟委屈伤心地呜咽着哭起来。）

琼 （不过意地走到娟身旁，坐下一臂揽住文娟，好意地）好孩子，别这样，你年纪这么轻，幸福，该都在前头呢，元澜不好，你告诉他……别叫人笑话你不够大方……对梅真我也希望你能厚道一点。

（爱珠忽然走进来。）

珠 （惊愕地）文娟怎么了？

琼 张小姐你来得正好，娟娟有点不痛快，你同她去洗洗脸……一会就要来客了不是？娟，今晚上你们请客几点来？

娟 六点半……七点吧……反正我不出来了。

珠 （坐娟旁）娟娟，怎么啦？

琼 （起立）张小姐你劝劝她吧，本来也不是什么大事情，我今晚决定请梅真出来做客，趁这机会让我表白一下我们已经同朋友一样看待她。你是新时代人，对于这点一定赞成的，晚上在客人眼前一定不会使梅真有为难的地方。（要走）

珠 伯母今晚请梅真做客，这么慎重其事的，（冷笑）那我们都该是陪客了，怎么敢得罪她！

琼　（生气正色地）我不是说笑话，张小姐，我就求你们年轻人厚道一点，多多帮点忙……

（娟暗中拉爱珠衣袖。）

（琼下。）

珠　怎么了，娟？

娟　怎么了，这是我的命太怪，碰上这么个梅真！大家近来越来越惯她，我想不到连妈都公然护着她，并且妈妈明明听见了我说元澜有点靠不住……今早上他们那样子……

珠　我不懂元澜怎么靠不住？

娟　你看不出来元澜近来的样子在疯谁？他常常盯着眼看梅真的一举一动，没有把我气死！今早上……

（外面脚步响。）

珠　（以手指放唇上示意叫文娟低声）唏！外面有人进来，我们到你屋子去讲吧……

（娟回头望门，外面寂然。）

娟　回头我告诉你……

珠　（叹口气向窗外望，又回头）娟，我问你，我托你探探你二弟的口气，你探着什么了没有？

娟　二弟的嘴比蜡封得还紧，我什么也问不出来。据我看，他也不急着看璨璨……

珠 得了，我也告诉你，我看，也是梅真的鬼在那儿作怪，打吃午饭时起，我看你二弟同梅真就对怔着，也不知是什么意思……

（外面又有语声，两人倾耳听。）

娟 我们走吧，到我屋子去……

（荣升提煤桶入。）

娟 什么事，荣升？

荣 四小姐叫把火添得旺旺的，今儿晚上要屋子越热越好。

珠 我们走吧！

（娟、珠同下。）

荣 （独弄火炉，一会儿又起立看看屋子。对着屏风）这也不叫着什么？（又在几个小凳上试试。屋子越来越黑）这天黑得真早！（又去开了开小灯。左右回顾才重新到火炉边弄火炉）

（小门开了，四小姐文琪肩上披着白毛巾散着显然刚洗未干的头发进来。）

荣 四小姐，是您呀？

琪 荣升，火怎样了？

荣 我这儿正通它呢！说话就上来。

琪 荣升，今晚上，今晚上你同梅真说话客气点……

荣 我们“多会儿”说话都是客客气气的……人家是个姑娘……

琪 不是为别的，今晚上太太请梅真出来做客，你们就当她是一位客人，好一点，你知道她也是我的一个同学。

荣 反正，你是小姐，您要我们怎样，我们一定得听您的话的，可是四小姐……我看（倚老卖老地）您这样子待她，对她也没有什么好处……

琪 为什么？你的话我不懂！（走近火炉烤头发）

荣 您想吧，您越这样子待她不是越把她眼睛提得老高，往后她一什么，不是高不成，低不就，不落个空么？

琪 我不懂，这个怎讲？

荣 就是那德记电料行宋掌柜的，说话就快有二年了！

琪 宋掌柜又怎么了，什么快有二年了？

荣 （摩擦两掌吞吞吐吐地）那小宋不尽……等着梅真答应……嫁给他吗？

琪 （惊讶地）小宋等……等……梅真？

荣 说得是呢，那不是挺“门当户对”的。梅真就偏不给他个回话，人家也就不敢同二太太提。那天我媳妇还说呢，她说，要么她替宋掌柜同太太小姐们说说好话，小宋也没有敢让我们来说话。今儿，我顺便就先给您说一下子……

（小门忽然推开，文靖——刚回家的二少爷——进来。文靖像他一家子人，也是有漂亮的体格同和悦的笑脸的。沉静处，他最像他母亲，我们奇怪的是在他笑悦的表情底下，却蕴住与他不相宜的一种忧郁，这一点令人猜着是因为他背负着一个不易解决的问题所致，而不是他性情的倾向。）

靖 （亲热淘气地）怎么样？

琪 （向荣升）你去吧，快点再去别的屋子看看炉子。

荣 好吧，四小姐。

（荣匆匆下。）

靖 （微笑）荣升还是这个样子，我总弄不清楚他是个好人还是个坏人！（重新淘气地）怎么样？我看你还是让我跟你刷头发吧！

琪 二哥，我告诉你了，你去了一年，手变粗了，不会弄头发了，我不要你来弄我的头！

靖 别那么气我好不好？你知道我的手艺本来就高明，经过这一年工厂里的经验，弄惯了顶复杂的机器，我的手更灵敏了许多……

琪 得了，我的头可不是什么复杂的机器呀！

靖 （笑逗琪）我也知道它不复杂，仅是一个很简单的玩艺儿！

琪 二哥你真气人！（用手中刷子推他）你去吧，你给自己去打扮打扮，今晚上有好几位小姐等着欢迎你呢！去吧，我不要你刷我的头发。……

靖 （把刷子夺过举得高高地）我真想不到，我走了一年，我的娇嫩乖乖的小妹妹，变成了这么一个凶悍泼辣的“娘们”！

琪 你真气死我啦！

靖 别气，别气，气坏了，现在可有人会不答应我的……

琪 （望靖，正经地）二哥，……二哥……，你还没有告诉我，你喜欢不喜欢仲维呢？……（难为情地）二哥，你得告诉我真话……

靖 （亲热怜爱地）老四，你知道我喜欢仲维，看样子他很孩子气，其实我看他很有点东西在里面，现在只看他怎样去发展他那点子真玩艺儿……

琪 我知道，我知道，我看我们这许多人里，顶算他有点，有点真玩艺儿，二哥，你也觉得这样，我太高兴了……今晚上我们就宣布订婚的事。

（两人逐渐走近火炉边。）

靖 （轻轻地推着琪）高兴了，就请你坐下，乖乖地让我替你刷头发……做个纪念，以后嫁了就轮不到哥哥了！

琪 （笑）二哥，你真是怪物，为什么，你这么喜欢替我刷头发？

靖 这个你得问一个心理学家，我自己的心理分析是：一个真的男性他一定喜欢一件极女性的柔媚的东西，我是说天然柔媚的东西，不是那些人工的，奢侈繁腻的可怕玩艺儿！（刷琪发）

琪 吓！你轻一点……

靖 对不起，（又刷琪发）这样子好不好？我告诉你，不知为什么，我觉得刚洗过的女孩子的头发，表现着一种洁净，一种温柔，一种女性的优美，我对着它会起一种尊敬，又生一种爱，又是审美的，又是近人性的……并且在这种时候，我对于自己的性情也就感到一种和谐的快活。

琪 真的么？二哥。

靖 你看（一边刷头发）我忘了做男子的骄傲，把他的身边的情绪对一个傻妹妹说，她还不信！

琪 二哥，我还记得从前你喜欢同人家打辫子，那时候我们都剪了头发，就是梅真有辫子……我们都笑你同丫头好，你就好久好久不理梅真……

靖 （略一皱眉）你还记得那些个，我都忘了！（叹口气）我抽根烟好不好？哪，（把刷子递给琪）你自己刷一会，我休息一下子……

琪 （接刷子起立）好，就刷这几下子！（频频打散头发摇下水花）二哥，你到底有几天的假？

靖 不到十天。

琪 那为什么你这么晚才回来，不早点赶来，我们多聚几天？你好像不想回家，怕回家似的。

靖 我，我真有点怕么。

琪　（惊奇地）为什么？

靖　老四，你真不知道？

琪　不知道什么？我不懂！

靖　我怕见梅真……

琪　（更惊讶地）为什么，二哥？

靖　（叹口气，抽两口烟，默然一会儿）因为我感到关于梅真，我会使妈妈很为难，我不如早点躲开点，我决定我不要常见到梅真倒好。

琪　二哥！你这话怎么讲？

靖　（坐下，低头抽烟）老四，你不……不同情我么？（打打烟灰）有时我觉到很苦痛——或者是我不够勇敢。

琪　（坐到靖旁边）二哥，你可以全告诉我吗？我想……我能够完全同情你的，梅真实在能叫人爱她……（见靖无言）现在你说了，我才明白我这人有多糊涂！我真奇怪我怎么没想到，我早该看出你喜欢她……可是有一时你似乎喜欢璨璨——你记得璨璨吗？我今晚还请了她。

靖　（苦笑）做妹妹的似乎比做姐姐的糊涂多了。大姐早就疑心我，处处盯着我，有一时我非常难为情。她也知道我这弱点，更使得我没有主意，窘透了，所以故意老同璨璨在一起，（掷下烟，起立）老四，我不知道你怎样想……

琪 我？我……怎样想？

靖 我的意思是：我不知道你是不是也感到如果我同梅真好，这事情很要使妈妈苦痛，（急促地）我就怕人家拿我的事去奚落她，说她儿子没有出息，爱上了丫头。我觉得那个说法太难堪。社会上一般毁谤人家的话，太使我浑身起毛栗。就说如果我真的同梅真结婚，那更糟了，我可以听到所有难听的话，把梅真给糟蹋坏了……并且妈妈拿我这儿子看得那么重，我不能给人机会说她儿子没有骨气，（恨恨地）我不甘心让大伯嬷那类人得意地有所借口，你知道么？老四！

琪 现在我才完全明白了！……怪不得你老那样极力地躲避着梅真。

靖 我早就喜欢她，我告诉你！可是我始终感到我对她好只会给她苦痛的，还要给妈妈个难题，叫她为我听话受气，所以我就始终避免着，不让人知道我心里的事儿，（耸一耸肩）只算是给自己一点点苦痛。（支头沉思）

琪 梅真她不知道吗？

靖 就怕她有点疑心！或许我已经给了她许多苦痛也说不定。

琪 也许，可是我倒没有看出来什么……我也很喜欢梅真，可是我想要是你同她好，第一个，大伯伯一定要同妈妈闹个天翻地覆，第二个是大姊，一定要不高兴，更

加个爱传是非的大伯嬷，妈妈是不会少麻烦的。可是刚才我刚听到一桩事，荣升说梅真……什么她……（有点不敢说小宋求婚的事）

靖 （显然不高兴）梅真怎么了？

琪 荣升说……

（张爱珠盛妆入。）

珠 嘿，你们这里这么黑，我给你们开盏灯！

琪 （不耐烦地同靖使个眼色）怎么你都打扮好了！这儿可不暖和呀。

珠 （看靖）我可以不可以叫你老二？你看，这儿这个叫你二哥那个叫你二弟的，我跟着哪个叫都不合适！（笑眯眯地，南方口音特重）老二，你看，我这副镯子好不好？（伸手过去）

靖 （客气地）我可不懂这个。

珠 你看好不好看呢？

靖 当然好看！

珠 干吗当然？

靖 （窘）因为当然是应该当然的！

珠 （大笑）你那说话就没有什么诚意！……嘿，老四你知道，你大姐在那儿哭吗？

琪 她又哭了，我不知道，反正她太爱哭。

珠 这个你也不能怪她，（望一望靖）她今早上遇到元澜同梅真两人在这屋子里，也不知是怎样的要好，亲热极的那样子——她气极了。

琪 什么？不会，不会，一定不会的！

珠 嘿，人家自己看见了，还有错么？你想。

（琪望靖，靖转向门。）

靖 你们的话，太复杂了，我还是到屋里写信去吧，说不定我明天就得走！

琪 二哥，你等等……

靖 不行，我没有工夫了。

（靖急下。）

珠 （失望地望着靖的背影）你的二哥明天就走？

琪 不是我们给轰跑的吗？爱珠，大姐真的告诉你那些话么？

珠 可不真的！难道我说瞎话？

琪 也许她看错了，故意那么说，因为她自己很不喜欢元哥！

珠 这个怎样会看错？我真不懂你怎么看得梅真那么好人！你妈说今晚要正式请梅真在这儿做客，好让她同你们平等，我看她以后的花样可要多了。说不定仲维也要让她给迷住！

琪 爱珠！你别这样子说话！老实说，梅真实在是聪明，现在越来越漂亮，为什么人不能喜欢她？（笑）要是我是男人，也许我也会同她恋爱。

珠　（冷笑）你真是大方，随便可以让姊姊的同自己的好朋友同梅真恋爱，梅真福气也真不坏！

琪　得了吧，我看她就可怜！

（文霞拉着梅真上。）

霞　梅真真气人，妈请她今天晚上一定得出来做客，她一定不肯，一定要躲起来。

珠　梅真干吗这样子客气，有人等着要人同你恋爱呢，你怎么要跑了，叫人失恋！

梅　张小姐，您这是怎么讲？

霞　（拉着梅真）梅真，你管她说什么！我告诉你，你今天晚上就得出来，你要不出来，你就是不了解妈妈的好意，对不起她。你平日老不平社会上的阶级习惯，今天轮到你自己，你就逃不出那种意识，介意这些个，多没有出息！

琪　梅真，要是我是你，我才不躲起来！

梅　（真挚地带点哽咽）我不是为我自己，我怕有人要不愿意，没有多少意思。

珠　（向梅真）你别看我不懂得你的意思！大小姐今天晚上还许不出来呢，你何苦那么说。反正这太不管我的事了，这是你们李家的纠纷……

霞　怎么？大姊今晚上真不出来吗？那可不行，她还请了好些个朋友我们都不大熟的……

珠 那你问你大姊去，我可不知道，老实说我今天听了好些事我很同情她……

（爱珠向着门，扬长而去。）

梅 你们看，是不是？我看我别出来吧，反正我也没有什么心绪。

琪 三姊，我们同去看大姊吧，回头来了客，她闹起别扭来多糟糕！

霞 （回头）梅真你还是想一想，我劝你还是胆子大一点，装做不知道好！今天这时候正是试验你自己的时候……

梅 好小姐，你们快去看大小姐吧，让我再仔细想，什么试验不试验的，尽是些洋话！

（琪、霞同下，梅起灭了大灯，仅留小桌灯，独坐屏风前小角隅里背向门，低头啜泣。门轻轻地开了，文靖穿好晚服的黑裤白硬壳衬衫，黑领结打了一半，外面套着暗色呢“晨衣”Dressing-Gown进来。）

靖 老四，给我打这鬼领带……哪儿去啦？……（看看屋子没有人，伸个懒腰垂头丧气地坐在一张大椅上，拿出根烟抽，又去寻洋火起立在屋中转，忽见梅真）梅……梅真……你在这儿干吗？

梅 （拭泪起立强笑）好些事，坐在这里想想……

靖 （冷冷地）那么对不起，打扰了！我进来时就没有看见你。

梅　你什么时候都没有看见我……

靖　（一股气似的）为什么我要特别注意你？……

梅　（惊讶地瞪着眼望着）谁那样说啦？哪有那样说话的，靖爷！（竭力抑制住）我的意思是你走了一年……今天回来了……谁都高兴，你……你却那样好像……好像不理人似的，叫人怪难过的！（欲哭又止住眼泪）

靖　我不知道怎样才叫理人？也许你知道别位先生们怎样理你法子，我就不会那一套……

梅　（更惊讶靖的话）靖爷！你这话有点儿怪！素常你不爱说话，说话总是顶直爽的，今天为什么这样讲话？

靖　你似乎很明白，那不就得了么？更用不着我直爽了！

梅　（生气地）我不懂你这话，靖爷，你非明说不可！

靖　我说过你明白就行了，用不着我明说什么，反正我明天下午就走了，你何必管我直爽不直爽的！你对你自己的事自己直爽就行了。虽然有时候我们做一桩事，有许多别人却为着我们受了一些苦处……不过那也是没有法子的事！

梅　（带哭声）你到底说什么？我真纳闷死了！我真纳闷死了。（坐椅上伏椅背上哭起来）

（靖有点不过意，想安慰梅走到她旁边又坚决地转起走开。）

（文琪入。）

琪 二哥，（见哭着的梅真）怎么了？

梅 （抬头望琪）四小姐，你快来吧，你替我问问靖爷到底怎么了，我真不懂他的话！

琪 （怔着望文靖不知所措）二哥！

靖 老四，不用问了！我明天就走，一切事情我都可以不必再关心了，就是妈妈我也交给你照应了……

琪 二哥！

（文靖绷紧着脸匆匆走出。）

梅 四小姐！

琪 梅真！到底怎么了？

梅 我就不明白，此刻靖爷说的话我太不懂了……

琪 他同你说什么呢？

梅 我一个坐在这里，他，他进来了起先没有看见我，后来看见了，尚冷冷地说对不起他打扰了我……我有点气他那不理人的劲儿，就说他什么时候反正都像不理人……他可就大气起来问我怎样才叫理人！又说什么也许我知道别位先生怎样理我法子，他不懂那一套，我越不懂他的话，他越……我真纳闷死了！

琪 （怔了这许久）我问你梅真，元哥同你怎么啦？今早上你们是不是在这屋子里说话？

梅 今早上？噢，可是你怎么知道，四小姐？

琪 原来真有这么一回事！（叹口气）张爱珠告诉我的，二哥也听见了。爱珠说大姊亲眼见到你同元哥……哥……

梅 （急）可是，可是我没有同唐先生怎样呀！是他说，他，他……对我……

琪 那不是一样么？

梅 （急）不一样嘿！不一样嘿！（哭声）因为我告诉他，我爱另一个人，我只知道那么一个人好……

琪 谁？那是谁？

梅 （抽噎着哭）就是，就是你这二哥！

琪 二哥？

梅 （仍哭着）可是，四小姐你用不着着急，那没有关系的，我明天就可以答应小宋……去做他那电料行的掌柜娘！那样子谁都可以省心了……我不要紧……

琪 （难过地）梅真！你不能……

梅 我怎么不能，四小姐？（起立拭泪）你看着吧！你看……看着吧！

琪 梅真！你别……你……

（梅真夺门出，琪一人呆立片刻，才丧气地坐下以手蒙脸。）

［幕下］

（未完）

你若安好，便是晴天

书信

致沈从文（一）①

沈二哥：

初二回来便忙乱成一堆，莫名其所以然。文章写不好，发脾气时还要讴出韵文！十一月的日子我最消化不了，听听风，知道枫叶又凋零得不堪，只想哭。昨天哭出的几行勉强叫它做诗，日后呈正。

萧先生文章甚有味儿②，我喜欢。能见到当感到畅快，你说的是否礼拜五？如果是，下午五时在家里候教，如嫌晚，星期六早上也一样可以的。

关于云冈现状，是我正在写的一短篇，哪一天再赶个落花流水时当送上。

①此信原无日期，估计写于1933年11月。
②指萧乾写的短篇小说《蚕》。

思成尚在平汉线边沿吃尘沙，星期六晚上可以到家。

此问

俪安

二嫂统此

徽因拜上

致沈从文（二）[①]

二哥：

世间事有你想不到的那么古怪，你的信来的时候正遇到我双手托着头在自恨自伤的一片苦楚的情绪中熬着。在廿四个钟头中，我前前后后，理智的，客观的，把许多纠纷痛苦和挣扎或希望或颓废的细目通通看过好几遍，一方面展开事实观察，一方面分析自己的性格情绪历史，别人的性格情绪历史，两人或两人以上互相的生活，情绪和历史，我只感到一种悲哀，失望，对自己对生活全都失望无兴趣。我觉到像我这样的人应该死去，减少自己及别人的痛苦！这或是暂时的一种情绪，一会儿希望会好。

在这样的消极悲伤的情景下，接到你的信，理智上，我虽然同情你所告诉我你的苦痛（情绪的紧张），在情感上我却很羡慕你那么积极那么热烈，那么丰富的情绪，至少此刻

①此信写于 1934 年，2 月 27 日。

同我的比，我的显然萧条颓废消极无用。你的是在情感的尖锐上奔进！

可是此刻我们有个共同的烦恼，那便是可惜时间和精力，因为情绪的盘旋而耗费去。

你希望抓住理性的自己，或许找个聪明的人帮忙整理一下你的苦恼或是“横溢的情感”，设法把它安排妥帖一点，你竟找到我来，我懂得的，我也常常被同种的纠纷弄得左不是右不是，生活掀在波澜里，盲目地同危险周旋，累得我既为旁人焦灼，又为自己操心，又同情于自己又很不愿意宽恕放任自己。

不过我同你有大不同处：凡是在横溢奔放的情感中时，我便觉到抓住一种生活的意义，即使这横溢奔放的情感所发生的行为上纠纷是快乐与苦辣对渗的性质，我也不难过不在乎。我认定了生活本身原质是矛盾的，我只要生活；体验到极端的愉快，灵质的、透明的、美丽的近于神话理想的快活，以下我情愿也随着赔偿这天赐的幸福，埋在悲痛，纠纷，失望，无望，寂寞中挨过若干时候，好像等自己的血来在创伤上结痂一样！一切我都在无声中忍受，默默地等天来布置我，没有一句话说！（我且说说来给你做个参考）。

我所谓极端的、浪漫的或实际的都无关系，反正我的主义是要生活，没有情感的生活简直是死！生活必须体验丰富的情感，把自己变成丰富，宽大，能优容，能了解，能同情种种“人性”，能懂得自己，不苛责自己，也不苛责旁人，不难自己所不能，也不难别人所不能，更不怨运命或是上帝，看清了世界本是各种人性混合做成的纠纷，人性又就是那么一回事，脱不掉生理、心理、环境习惯、先天特质的凑合！把道德放大了讲，别裁判或裁削自己。任性到损害旁人时如果你不忍，你就根本办不到任性的事。（如果你办得到，那你那种残忍，便是你自己性格里的一点特性，也用不着过分的去纠正。）想做的事太多，并且互相冲突时，拣最想做——想做到顾不得旁的牺牲——的事做，未做时心中发生纠纷是免不了的，做后最用不着后悔，因为你既会去做，那桩事便一定是不可免的，别尽着罪过自己。

我方才所说到极端的愉快，灵质的、透明的、美丽的快乐，不知道你有否同一样感觉。我的确有过，我不忘却我的幸福。我认为最愉快的事都是一闪亮的，在一段较短的时间内迸出神奇的——如同两个人透彻的了解：一句话打到你心里，使得你理智和感情全觉到一万万分满足；如同相爱，在一个时候里，你同你自身以外另一个人互相以彼此存在为极端的幸福；如同恋爱，在那时那刻眼所见，耳所听，心所触无所不是美丽，情感如诗歌自然的流动，如花香那样不知其所以。这些种种便都是一生中不可多得的瑰宝。世界上没有多少人有那机会，且没有多少人有那种天赋的敏感和柔情来尝味那经验，所以就有那种机会也无用。如果有如诗剧神话般的实景，当时当事者本身却没有领会诗的情感又如何行？即使有了，只是浅俗的赏月折花的限量，那又有什么话说？转过来说，对悲哀的敏感容量也是生活中可贵处。当时当事，你也许得流出血泪，过去后那些在你经验中也是不可鄙视的创痂。（此刻说说话，我倒暂时忘记了我昨天到今晚已整整哭了廿四小时，中间仅仅睡着三四个钟头，方才在过分的失望中颓废着觉到浪费去时间精力，很使自己感叹。）在夫妇中间为着相爱纠纷自然痛苦，不过那种痛苦也是夹着极端丰富的幸福在内的。冷漠不关心的夫妇结合才是真正的悲剧！

如果在“横溢情感”和“僵死麻木的无情感”中叫我来拣一个，我毫无问题要拣上面的一个，不管是为我自己或是为别人。人活着的意义基本的是在能体验情感。能体验情感还得有智慧有思想来分别了解那情感——自己的或别人的！如果再能表现你自己所体验所了解的种种在文字上——不管那算是宗教或哲学，诗，或是小说，或是社会学论文——（谁管那些）——使得别人也更得点人生意义，那或许就是所有的意义了。不管人文明到什么程度，天文地理科学地通到哪里去，这点人性还是一样的主要，一样的是人生的关键。

在一些微笑或皱眉印象上称较分量，在无边际人事上驰骋细想正是一种生活。

算了吧！二哥，别太虐待自己，有空来我这里，咱们再费点时间讨论讨论它，你还可以告诉我一点实在情形。我在廿四小时中只在想自己如何消极到如此田地苦到如此如此，而使我苦得想去死的那个人自己在去上海的火车中也苦得要命，已经给我来了两封电报一封信，这不是“人性”的悲剧么？那个人便是说他最不喜管人性的梁二哥！

徽因

你一定得同老金（金岳霖）谈谈，他真是能了解同时又极客观极同情极懂得人性，虽然他自己并不一定会提起他的历史。

致沈从文（三）①

二哥：

我欠你一封信，欠得太久了！现在第一件事要告诉你的就是我们又都在距离相近的一处了。大家当时分手得那么突兀惨淡，现在零零落落的似乎又聚集起来。一切转变得非常古怪，两月以来我种种的感到糊涂。事情越看得多点，心越焦，我并不奇怪自己没有青年人抗战中兴奋的情绪，因为我比许多人明白一点自己并没有抗战，我生活离前线太远，一方面自己的理智方面也仍然没有失却它寻常的职能，观察得到一些叫人心里顶难过的事，心里有时像个药罐子。

自你走后，我们北平学社方面发生了许多叫我们操心的事，好容易挨过了俩仨星期（我都记不清有多久了）才算走脱，最后我是病的，却没有声张，临走去医院检查了一遍，

①此信写于1937年10月（初冬），于长沙至武昌间。

结果是得着医生严重的警告——但警告白警告，我的寿命是由天的了。临行的前夜，一直弄到半夜三点半，次早六时由家里出发，我只觉得是硬由北总布胡同扯出来上车拉倒。东西全弃下倒无所谓，最难过的是许多朋友都像是放下忍心的走掉，端公[①]太太、公超太太住在我家，临别真是说不出的感到似乎是故意那么狠心地把她们抛下，兆和[②]也是一个使我顶不知怎样才好的，而偏偏我就根本赶不上去北城一趟看看她。我恨不得是把所有北平留下的太太孩子挤在一块走出到天津再说。可是我也知道天津地方更莫名其妙，生活又贵，平津那一节火车情形那时也是一天一个花样，谁都不保险会出什么样的把戏。

这是过去的话了，现在也无从说起，自从那时以后，我们真走了不少地方。由卢沟桥事变到现在，我们把中国所有的铁路都走了一段！最紧张的是由北平到天津，由济南到郑州。带着行李小孩奉着老母，由天津到长沙共计上下舟车十六次，进出旅店十二次，这样走法也就很够经验的，所为的是回到自己的后方。现在后方已回到了，我们对于战时的国家仅是个不可救药的累赘而已。同时我们又似乎感到许多我们可用的力量废放在这里，是因为各方面缺乏更好的组织来尽量采用。我们初到时的兴奋，现实已变成习惯的悲感。

---

①指钱端升。

②指沈从文的妻子张兆和。

更其糟的是这几天看到许多过路的队伍兵丁，由他们吃的穿的到其他一切一切。“惭愧”两字，我嫌它们过于单纯，所以我没有字来告诉你，我心里所感触的味道。

前几天我着急过津浦线上情形，后来我急过“晋北”的情形——那时还是真正的“晋北”——由大营到繁峙代县，雁门朔县宁武原平崞县忻县一带路，我们是熟极的，阳明堡以北到大同的公路更是有过老朋友交情，那一带的防御在卢变以后一星期中我们所知道的等于是“鸡蛋”。我就不信后来赶得及怎样“了不起”的防御工作，老西儿[①]的军队更是软懦到万分，见不得风的，怎不叫我跳急到万分！好在现在情形已又不同了，谢老天爷，但是看战报的热情是罪过的。如果我们再按紧一点事实的想象：天这样冷……（就不说别的！!）战士们在怎样的一个情形下活着或死去！三个月以前，我们在那边已穿过棉！所以一天到晚，我真不知想什么好，后方的热情是罪过，不热情的话不更罪过？二哥，你想，我们该怎样的活着才有法子安顿这一副还未死透的良心？

我们太平时代（考古）的事业，现时谈不到别的了，在极省俭的法子下维护它不死，待战后再恢复算最为得体的办法。个人生活已甚苦，但尚不到苦到“不堪”。我是女人，当然立刻变成纯净的“糟糠”的典型，租到两间屋子烹调，

①指阎锡山。

课子，洗衣，铺床，每日如在走马灯中过去。中间来几次空袭警报，生活也就饱满到万分。注：一到就发生住的问题，同时患腹泻，所以在极马虎中租到一个人家楼上的两间屋。就在火车站旁，火车可以说是从我窗下过去！所以空袭时颇不妙，多暂避于临时大学（熟人尚多见面，金甫[1]亦“高个子”如故）。文艺，理想，都像在北海五龙亭看虹那么样，是过去中一种偶然的遭遇，现实只有一堆矛盾的现实抓在手里。

话又说多了，且乱，正像我的老样子。二哥你现实在做什么，有空快给我一封信。（在汉口时，我知道你在隔江，就无法来找你一趟。）我在长沙回首雁门，正不知有多少伤心呢，不日或起早到昆明，长途车约七八日，天已寒冷，秋气肃杀，这路不太好走，或要去重庆再到成都，一切以营造学社工作为转移。（而其间问题尚多，今天不谈了。）现在因时有空袭警报，所以一天不能离开老的或小的，精神上真是苦极苦极，一天的操作也于我的身体有相当的威胁。

徽因在长沙

①指扬振声先生。

致沈从文（四）[①]

二哥：

在黑暗中，在车站铁篷子底分别很有种清凉味道，尤其是走的人没有找着车位，车上又没有灯，送的打着雨伞，天上落着很凄楚的雨，地下一块亮一块黑的反映着泥水洼，满车站的兵——开拔到前线的，受伤开回到后方的！那晚上很代表我们这一向所过的日子的最黯淡的底层，这些日子表面上固然还留一点未曾全褪败的颜色。

这十天里，长沙的雨更象征着一切霉湿，凄怆，惶惑的生活。那种永不开缝的阴霾封锁着上面的天，留下一串串继续又继续着檐漏般不痛快的雨，屋里人冻成更渺小无能的小动物，缩着脖子只在呆想中让时间赶到头里，拖着自己半蛰伏的灵魂。接到你第一封信后，我又重新发热伤风过一次，

①此信写于1937年11月9—10日长沙至武昌间。

这次很规矩地躺在床上发冷或发热，日子清苦得无法设想，偏还老那么悬着，叫人着一种无可奈何的急。如果有天，天又有意旨，我真想他明白点告诉我一点事，好比说我这种人需要不需要活着，不需要的话，这种悬着日子也不都是奢侈？好比说一个非常有精神喜欢挣扎着生存的人，为什么需要肺病，如果是需要，许多希望着健康的想念在她也就很奢侈，是不是最好没有？死在长沙雨里，死得虽未免太冷点，往昆明跑，跑后的结果如果是一样，那又怎样？昨天我们夫妇算算到昆明去，现在要不就走，再去怕更要落雪落雨发生问题，就走的话，除却旅费，到了那边时身上一共剩下三百来元，万一学社经费不成功，带着那一点点钱，一家子老老小小流落在那里颇不妥当，最好得等基金方面一点消息……

可是，今天居然天晴，并且有大蓝天，大白云，顶美丽的太阳光！我坐在一张破藤椅上，破藤椅放在小破廊子上，旁边晒着棉被和雨鞋，人也就轻松一半，该想的事暂时不再想它，想想别的有趣的事：好比差不多二十年前，我独自坐在一间顶大的书房里看雨，那是英国的不断的雨。我爸爸到瑞士国联开会去，我能在楼上嗅到顶下层楼下厨房里炸牛腰子同洋咸肉的味儿，到晚上又是在顶大的饭厅里（点着一盏顶暗的灯）独自坐着（垂着两条不着地的腿同刚刚垂肩的发辫），一个人吃饭，一面咬着手指头哭——闷到实在不能不哭！理想的我老希望着生活有点浪漫的发生，或是有个人叩下门走进来坐在我对面同我谈话，或是同我同坐在楼上炉边给我讲故事，最要紧的还是有个人来爱我。我做着所有女孩的梦。而实际上却只是天天落雨又落雨，我从不认识一个男朋友，从没有一个浪漫聪明的人走来同我玩——实际生活上所认识的人从没有一个像我所想象的浪漫人物，却还加上一大堆人事上的纷纠。

话说得太远了，方才说天又晴了，我却怎么又转到落雨上去？真糟！肚子有点饿，嗅不着炸牛腰子同咸肉的味儿，更是无法再想英国或廿年前的事，国联或其他！

方才念到你的第二封信，说起爸爸的演讲，当时他说得顶热闹，根本没有想到注意近在自己身边的女儿的日常一点点小小苦痛比那种演讲更能表示他真的懂得那些问题的重要。现在我自己已做了嬷嬷，我不愿意在任何情形下把我的任何一角酸辛的经验来换他当时的一篇漂亮话，不管它有多少风趣！这也许是我比他诚实，也许是我比他缺一点幽默！

好久了，我没有写长信，写这么杂乱无系统的随笔信，今晚上写了这许多，谁知道我方才喝了些什么，此刻真是冷，屋子里谁都睡了，温度仅仅五十一度，也许这是原因！

明早再写关于沅陵及其他向昆明方面设想的信！

又接到另外一封信，关于沅陵，我们可以想想，关于大举移民到昆明的事还是个大悬点挂在空里，看样子如果再没有计划就因无计划而在长沙留下来过冬，不过关于一切，我仍然还须给你更具体的回信一封，此信今天暂时先拿去付邮而免你惦挂。

昨天张君劢老前辈来此，这人一切仍然极其“混沌”（我不叫它做天真）。天下事原来都是一些极没有意思的，我们理想着一些美妙的完美，结果只是处处悲观叹息着。我真佩服一些人仍然整天说着大话，自己支持着极不相干的自己，以至令别人想哭！

匆匆

徽因

十一月九至十日

致沈从文（五）[①]

二哥：

决定了到昆明，以便积极地做走的准备。本买二日票，后因思成等周寄梅先生，把票退了，再去买时已经连七号的都卖光了，只好买八号的。

今天中午到了沅陵。昨晚里住在官庄的。看到沿途景物又秀丽又雄壮时就使我们想到你二哥对这些苍翠的天，排布的深浅山头，碧绿的水和其间稍稍带点天真的人为的点缀如何的亲切爱好，感到一种愉快。天气是好到不能更好，我说如果不是在这战期中时时心里负着一种悲伤哀愁的话，这旅行真是不知几世修来。

昨晚有人说或许这一带有匪，倒弄得我们心有点慌慌的，住在小旅店里灯火荧荧如豆，外边微风撼树，不由得不有一种特别情绪，其实我们很平安地到达很安静的地带。

①此信写于1937年12月9日冬沅陵至武昌间，去昆明途中，到沅陵时写的。

今天来到沅陵，风景愈来愈妙，有时颇疑心有翠翠[1]这种的人物在！沅陵城也极好玩，我爱极了。你老兄的房子在小山上，非常别致有雅趣，原来你一家子都是敏感的有精致爱好的。我同思成带了两个孩子来找他，意外还见到你的三弟，新从前线回来，他伤已愈，可以拐杖走路。他们待我们太好（个个性情都有点像你）。

我们真欢喜极了，都又感到太打扰得他们有点不过意。虽然，有半天工夫在那楼上廊子上坐着谈天，可是我真感到有无限亲切。沅陵的风景，沅陵的城市，沅陵的人物，在我们心里是一片很完整的记忆，我愿意再回到沅陵一次，无论什么时候，最好当然是打完仗！

说到打仗，你别过于悲观，我们还许要吃苦，可是我们不能不争到一种翻身的地步。我们这种人太无用了。也许会死，会消灭，可是总有别的法子。我们中国国家进步了，弄得好一点，争出一种新的局面，不再是低着头地被压迫着，我们根据事实时有时很难乐观，但是往大处看，抓紧信心，我相信我们大家根本还是乐观的，你说对不对？

这次分别，大家都怀着深忧！不知以后事如何？相见在何日？只要有着信心，我们还要再见的呢。

无限亲切的感觉，因为我们在你的家乡。

徽因

昆明住址：云南大学王赣愚先生转

---

①沈从文小说《边城》中的女主人公。

致沈从文（六）[①]

二哥：

事情多得不可开交，情感方面虽然有许多新的积蓄，一时也不能够去清理（这年头也不是清理情感的时候）。昆明的到达既在离开长沙三十九天之后，其间的故事也就很有可纪念的。我们的日子至今尚似走马灯的旋转，虽然昆明的白云悠闲疏散在蓝天里。现在生活的压迫似乎比从前更有分量了。我问我自己，三十年底下都剩一些什么，假使机会好点我有什么样的一两句话说出来，或是什么样事好做，这种问题在这时候问，似乎更没有回答——我相信我已是一整个的失败，再用不着自己过分的操心——所以朋友方面也就无话可说——现在多半的人都最惦挂我的身体。一个机构多方面受过损伤的身体实在用不着惦挂，我看黔滇间公路上所用的车辆颇感到一点同情，在中国做人同在中国坐车子一样，都

①此信写于1938年春。

要承受那种待遇，磨到焦头烂额，照样有人把你拉过来推过去爬着长长的山坡。你若是懂事多了，挣扎一下，也就不见得不会喘着气爬山过岭，到了你最后的一个时候。

不，我这比喻打得不好，它给你的印象好像是说我整日里在忙着服务，有许多艰难的工作做，其实，那又不然，虽然思成与我整天宣言我们愿意义务的替政府或其他公共机关效力，到了如今人家还是不找我们做正经事，现在所忙的仅是一些零碎的私人所委托的杂务，这种私人相委的事，如果他们肯给我们一点实际的酬报，我们生活可以稍稍安定，挪点时候做些其他有价值的事也好，偏又不然，所以，我仍然得另想别的办法来付昆明的高价房租，结果是又接受了教书生涯，一星期来往爬四次山坡走老远的路到云大去教六点钟的补习英文。上月净得四十余元法币，而一方面为一种我们最不可少的皮尺，昨天花了二十三元买来！

到如今，我还不大明白我们来到昆明是做生意，是“走江湖”还是做“社会性的骗子”——因为梁家老太爷的名分，人家常抬举这对愚夫妇，所以我们是常常有些阔绰的应酬需要我们笑脸应付——这样说来好像是牢骚，其实也不尽然，事实上就是情感良心均不得均衡！前昨同航空毕业班的几个学生谈，我几乎要哭起来，这些青年叫我一百分的感激同情，一方面我们这租来的房子墙上还挂着那位主席将军的相片，看一眼，话就多了——现在不讲——天天早上那些热血的人在我们上空练习速度、驱逐和格斗，底下芸芸众生吃喝得仍然有些讲究。思成不能酒，我不能牌，两人都不能烟，在做人方面已经是十分惭愧！现在昆明人才济济，哪一方面人都有。云南的权贵，香港的服装，南京的风度，大中华民国的洋钱，把生活描画得十三分对不起那些在天上冒险的青年，其他更不用说了。现在我们所认识的穷愁朋友已来了许多，同感者自然甚多。

陇海全线的激战使我十分兴奋，那一带地方我比较熟悉，整个心都像在那上面滚，有许多人似乎看那些新闻印象里只有一堆内地县名，根本不发生感应，我就奇怪！我真想在山西随军，做什么自己可不大知道！

二哥，我今天心绪不好，写出信来怕全是不好听的话，你原谅我，我要搁笔了。

这封信暂做一个赔罪的先锋，我当时也知道朋友们一定会记挂，不知怎么我偏不写信，好像是罚自己似的——一股坏脾气发作！

徽因

致胡适（一）[1]

适之先生：

也许你很诧异这封唐突的来信，但是千万请你原谅。你到美国的消息传到一个精神充军的耳朵里，这不过是个很自然的影响。

我这两年多的渴想，北京和最近残酷的遭遇给我许多烦恼和苦痛。我想你一定能够原谅我对于你到美国的踊跃。我愿意见着你，我愿意听到我所狂念的北京的声音和消息，你不以为太过吧？

纽约离此很近，我有希望欢迎你到费城来么？哥伦比亚演讲一定很忙，不知周末可以走动不？

这二月底第三或第四周末有空否，因为那时彭校新创的教育会有个演讲托（我）找中国 speaker[2]。胡先生若可以

①此信写于 1927 年。
②英文，意为“讲演人”。

来费，可否答应当那晚的 speaker？本来这会极不要紧的，不该劳动大驾，只因此我们可以聚会晤谈，所以函问。

若是月底太忙不能来费，请即示知，以便早早通知该会会长 (Dr.G.H.Minnich 会长)，过些时候我也许可以到纽约来拜访。

很不该这样唐突打扰，但是——原谅。

徽因上

二月六日于费城

致胡适（二）[①]

适之先生：

志摩走时嘱购绣货赠 Bell 夫妇，托先生带往燕京大学，现奉上。渠眷念 K.M.[②]之情直转到她姊姊身上，直可以表示多情厚道的东方色彩，一笑。

大驾刚北返，尚未得晤面，怅怅。迟日愚夫妇当同来领教。

徽因

①此信原无日期，根据信的内容估计该信写于前一封信之后。
②指英国女作家凯瑟琳·曼斯菲尔德。

致梁思成（一）①

思成：

我现在正在由以养病为任务的一桩事上考验自己，要求胜利完成这个任务。在胃口方面和睡眠方面都已得到非常好的成绩，胃口可以得到九十分，睡眠八十分，现在最难的是气管，气管影响痰和呼吸又影响心跳，甚为复杂，气管能进步，一切进步最有把握，气管一坏，就全功尽废了。

我的工作现实限制在碑建会设计小组的问题②，有时是把几个有限的人力拉在一起组织一下分配一下工作，技术方面讨论如云纹，如碑的顶部；有时是讨论应如何集体向上级反映一些具体意见作一两种重要建议。今天就是刚开了一次会，有阮、邱、莫、吴、梁③，连我六人。前天已开过一次，拟了一信稿呈郑副主任和薛秘书长的，今天阮将所拟稿带来

①此信写于1953年3月12日。
②指当时正在设计中的人民英雄纪念碑。
③阮、邱、莫、吴、梁，其中“莫”指莫宗江，“吴”指吴良镛。

又修正了一次，今晚抄出大家签名，明天可以发出（主要要求立即通知施工组停扎钢筋）。美工合组事难定了，尚未开始，所以也趁此时再要求增加技术人员加强设计实力（反映我们对去掉大台认为对设计有利，可能将塑型改善，而减掉复杂性质的陈列室和厕所设备等等使碑的思想性明确单纯许多）。再冰小弟都曾回来，娘也好，一切勿念。信到时可能已过三月廿一日了。

天安门追悼会的情形[①]已见报，我不详写了。

昨李宗津[②]由广西回来，还不知道你到莫斯科呢。

徽因

三月十二日写完

①指斯大林的追悼会。

②李宗津，清华大学建筑系美术教授，油画家。

致梁思成（二）[1]

思成：

今天是十六日，此刻黄昏六时，电灯没有来，房很黑又不能看书做事，勉强写这封信已快看不见了。十二日发一信后仍然忙于碑的事。

今天小吴、老莫都到城中开会去，我只能等听他们的传达报告了。讨论内容为何，几方面情绪如何，决议了什么具体办法，现在也无法知道。昨天是星期天，老金不到十点钟就来了，刚进门再冰也回来，接着小弟来了，此外无他人，谈得正好，却又从无线电中传到捷克总统逝世的消息。这种消息来在那沉痛的斯大林同志的殡仪之后，令人发愣发呆，不能相信不幸的事可以这样地连着发生。大家心境又黯然了……

中饭后，老金小弟都走了。再冰留到下午六时，她又不

①此信紧接前一封信，时间是1953年3月17日。

在三月结婚了，想改到国庆，理由是于中干[①]说他希望在广州举行。那边他们两人的熟人多，条件好，再冰可以玩一趟。这次他来，时间不够也没有充分心理准备，六月又太热。我是什么都赞成。反正孩子高兴就好。

我的身体方面吃得那么好，睡得也不错，而不见胖，还是爱气促和闹清痰打“呼噜出泡声”，血脉不好好循环冷热不正常等等，所以疗养还要彻底，病状比从前深点，新陈代谢作用太坏，恢复的现象极不显著，也实在慢。今天我本应该打电话问校医室血沉率和痰化验结果的，今晚便可以报告，但因害怕结果不完满因而不爱去问！

学习方面，可以报告的除了报上主要政治文章和理论文章外，我连着看了四本书，都是小说式传记，都是英雄的真人真事……

还要和你谈什么呢？又已经到了晚饭时候，该吃饭了，只好停下来。（下午一人甚闷时，关肇邺来坐一会儿，很好。太闷着看书觉到晕昏。）（十六日晚写）

（十七日续）我最不放心的是你的健康问题，我想你的工作一定很重，你又容易疲倦，一边又吃 Rimifon[②]，不知是否更易累和困，我的心里总惦着，我希望你停 Rimifon 吧，已经满两个半月了。苏联冷，千万注意呼吸器官的病。

---

①于中干，系林徽因和梁思成长女梁再冰的丈夫。
②英文，译为雷米封，一种防治结核病的药。

昨晚老莫回来报告，大约把大台改低[①]是人人同意，至于具体草图什么时候可以画出并决定，是真真伤脑筋的事，尤其是碑顶仍然意见分歧。

徽因匆匆写完

三月十七午

①指人民英雄纪念碑的基座。

致梁再冰[1]

宝宝：

妈妈不知道要怎样告诉你许多的事，现在我分开来一件一件的讲给你听。

第一，我从六月二十六日离开太原到五台山去，家里给我的信就没有法子接到，所以你同金伯伯，小弟弟所写的信我就全没有看见。（那些信一直到我到了家，才由太原转来）。

第二，我同爹爹不止接不到信，连报纸在路上也没有法子看见一张，所以日本同中国闹的事情也就一点不知道！

第三，我们路上坐大车同骑骡子，走得顶慢，工作又忙，所以到了七月十二日才走到代县，有报，可以打电报的地方，才算知道一点外面的新闻。那时候，我听说到北平的火车，

①林徽因与梁思成1937年6月下旬到山西五台山地区考察，发现了国内当时最古的木构建筑佛光寺。他们于7月中旬出山后才知道发生了“卢沟桥事变”，急忙绕道平绥线回到北平。不满八岁的女儿当时正随着大姑母和表姐、表哥等在北戴河海滨过暑假。

平汉路同同蒲路已然不通，真不知道多着急！

第四，好在平绥铁路没有断，我同爹爹就慌慌张张绕到大同由平绥路回北平。现在我画张地图你看看，你就可以明白了。

注意万里长城、太原、五台山、代县、雁门关、大同、张家口等地方，及平汉铁路、正太铁路、平绥铁路，你就可以明白一切。

第五（现在你该明白我走的路线了），我要告诉你我在路上就顶记挂你同小弟，可是没法子接信。等到了代县一听见北平方面有一点战事，更急得了不得。好在我们由代县到大同比上太原还近，由大同坐平绥路火车回来也顶方便的。可是又有人告诉我们平绥路只通到张家口，这下子可真急死了我们！

第六，后来居然回到西直门车站（不能进前门车站），我真是喜欢得不得了。清早七点钟就到了家，同家里人同吃早饭，真是再高兴没有了。

第六[1]，现在我要告诉你这一次日本人同我们闹什么。你知道他们老要我们的“华北”地方，这一次又是为了点小事就大出兵来打我们！现在两边兵都停住，一边在开会商量“和平解决”，以后还打不打谁也不知道呢。

---

[1]原信如此。

第七，反正你在北戴河同大姑、姐姐哥哥们一起也很安稳的，我也就不叫你回来。我们这里一时也很平定，你也不用记挂。我们希望不打仗事情就可以完，但是如果日本人要来占北平，我们都愿意打仗，那时候你就跟着大姑姑那边，我们就守在北平，等到打胜了仗再说。我觉得现在我们做中国人应该要顶勇敢，什么都不怕，什么都顶有决心才好。

第八，你做一个小孩，现在顶要紧的是身体要好，读书要好，别的不用管。现在既然在海边，就痛痛快快地玩。你知道你妈妈同爹爹都顶平安的在北平，不怕打仗，更不怕日本。过几天如果事情完全平下来，我再来北戴河看你，如果还不平定，只好等着。大哥①、三姑过两天就也来北戴河，你们那里一定很热闹。

第九，请大姐②多帮你忙学游水。游水如果能学会了，这趟海边的避暑就更有意思了。

第十，要听大姑姑的话。告诉她爹爹妈妈都顶感谢她照应你，把你“长了磅”。你要的衣服同书就寄来。

妈妈

①指梁再冰的大表哥。
②指梁再冰的大表姐。